三個女人與她們的男人

Dror A. Mishani
卓爾・米夏尼——著
黃彥霖——譯

獻給我的祖母莎菈・米夏尼

以及我的女兒莎菈・米夏尼

「因為人子將要被交在人手裡。」
（路加福音9:44）

「人子來不是要滅人的性命，是要救人的性命。」
（路加福音9:56）

目次

第一章

1

他們在專供離婚人士的約會網站上認識。他的自我介紹平淡無奇，正好是她傳訊息給他的原因。四十二歲，離過一次婚，住在特拉維夫郊區；既沒寫「對全然擁抱生活躍躍欲試」，也沒說「這場自我發現之旅，希望妳和我一起同行」。他有兩個小孩，身高一七二，大學畢業，自營，收入穩定。政治立場：無。其他某些欄位根本沒填。他有三張照片，一張比較舊，另外兩張似乎稍微新一點，三張都表現出他臉上某種令人安心的特質，但沒有太特別的東西。他的體重也並未過重。

她的兒子伊藍剛開始接受心理諮商，諮商師說如果能讓伊藍看到她不再沉浸在悲痛，懂得放下、去過自己的生活，對伊藍會有幫助。她試著讓兩人的生活重回規律的軌道：七點晚餐、洗澡、看電視，然後一起整理隔天早上的外出包。伊藍會在八點三十或四十五分上床，而她會念故事給他聽；雖然他已經能自己看書了，但現在不是改變這個習慣的時機。在那之後，她會在客廳一角的電腦桌前坐下，看別人的自我介紹、讀訊息，但心裡知道她不會回應任何一個聯絡她的男人。她喜歡由自己主動。這時已是三月下旬，晚上時她還會穿套頭毛衣，偶爾當她獨自上床睡覺時外頭會下一點雨。

她傳訊息給他——「我希望可以認識你」——他在兩天後回覆：「好啊，怎麼做？」

他們在線上聊了一會。

「妳在哪間學校教書？國小還是國中？」

「國中。」

「可以說哪一間嗎？」

「我現在不想講太詳細，在何崙[1]就是了。」

她謹慎小心，他則毫無保留。隨著對話持續進展，他個人簡介上留白的那些欄位也逐漸補齊。他喜歡騎自行車，通常是在星期六的雅孔公園。「沒照顧自己的身體這麼多年之後，我也開始去健身房了，感覺很好。」她不覺得那些照片看得出這點。他是名律師——「不是那種嗜血的大鯊魚，就只是個獨立律師，有間自己的小事務所」。他的案子大多跟身分驗證有關，有些以色列人的家族來自波蘭、羅馬尼亞和保加利亞，他會確認他們的身分是否屬實，然後幫他們申請這些國家的公民身分。他曾經在人力仲介公司的法務部門待過幾年，當時公司從東歐引進外國勞工，而他因此在各國部門間有了人脈，成為踏入這個領域的契機。「也許妳剛好需要申請波蘭護照？」他問。而她回答：「不太可能，我父母來自利比亞，還是你認識格達費[2]？」

學校同事告誡她不要相信網路上的聊天內容，對方自稱多厲害都不能相信。但這個人介紹的自己並沒有多特別。事實上完全相反：他好像試圖讓自己聽起來像個再平凡不過的人，沒有任何獨特之處。聊了幾天之後，他問：「所以我們最後會見面嗎？」而歐娜的回訊寫著：「會的，總有一天會的。」

1 Holon，特拉維夫南方的工業城市。
2 Muammar Gaddafi，利比亞前任獨裁領袖，實際掌權時間長達四十二年。

四月初某個星期四晚上九點半。

他說見面的地點由她決定，她選了特拉維夫市中心舞臺廣場旁的一間咖啡店。三天前她和伊藍的諮商師碰面，大多在聊她自己的事。諮商師暗示歐娜可以試著接受心理諮商，她為此笑了。她為自己的多話道歉，並解釋她沒辦法負擔費用。她之所以付得出伊藍的諮商費，是因為母親付的錢。

諮商師建議她不要隱瞞這場約會，也不必看得太重，當天最好先不要找外婆來帶小孩，也不要讓伊藍去睡外婆家，因為她母親可能會比他們兩個還緊張，最後脫口說出伊藍還沒必要知道的事。她應該找以前她和前夫一起出門時，會找的那個保母來照顧伊藍。如果伊藍問起她和誰出去，歐娜可以說是「朋友」；如果他又問是哪個朋友，她可以說是伊藍還不認識的新朋友，名叫吉爾。

特拉維夫市區人潮眾多。車陣從阿亞隆高速公路的夏隆交流道開始一路塞往伊本蓋比魯勒街，占滿了文化中心新設的地下停車場。那天早上，吉爾在訊息中給了她電話號碼，她傳訊息說自己會遲到。她掉頭開回卡普蘭街的停車場，把車停在那裡，然後跟著人潮一起走向舞臺廣場：正在玩樂狂歡的人群、蓄鬍刺青的男人、美麗的年輕女孩們以及帶著嬰兒一起出門的年輕夫妻。也許她應該提議去別的地方。她自覺打扮得好老——白色九分褲、成套的白色襯衫、合身白色夾克——或者更糟的是，她像個努力想變年輕的老女人。不過兩人碰面時，吉爾說的第一句話反而讓她感覺不再那麼格格不入：「我們到底來這裡做什麼？我覺得自己好老。」

突然開始和男人約會，這感覺比她預期中還奇怪。

她抵達的時候，他起身和她握手，彷彿兩人是要談公事。他點了一杯拿鐵，於是她也沒點酒，而是點了一杯不含酒精的熱蘋果酒佐肉桂棒。他身形並不單薄，可以看出健身的痕跡，穿著比她更休閒一點：牛仔褲、藍色襯衫、白球鞋。他有過不少這樣的約會，因此主動分享過去的經驗。

「通常會聊到離婚，交換彼此的經歷之類的，有點像進到後備軍隊裡那樣。聽起來滿悶的，不過我可以先分享。」他說。

她對他的故事有點好奇，但還是說：「不要，別講這個，聊別的吧。」現在的她絕對不可能講述自己發生的事，傷口仍在滲血、一切未經消化，有時候甚至不像真的。即使在約會的此刻，某些瞬間她仍會覺得一切都是假的，其實坐在身邊的人是羅能。吉爾說他有兩個在上中學的女兒，諾婭和哈達絲。離婚是前妻提的，起初他很抗拒，也許不是因為愛，而是因為害怕。

不像她與羅能的狀況，吉爾和他前妻分離的過程頗為漫長。當他前妻一開始提出這個想法，他想辦法說服她嘗試修補兩人的關係。他們接受過短暫的婚姻治療，最後他不得不承認兩人的處境。據他所知，前妻當時並未外遇，現在也沒有男友。她只是不愛他了，失去興趣、想嘗試新的事物、不願放棄自己的人生，是種種原因加總的結果；當初他不了解、也不想了解，不過現在稍微懂了。總的來說，這項決定改善了每個人的生活，連對兩個女兒也是如此。也許因為他們兩人都是律師的緣故，離婚程序本身很輕鬆，錢也不是問題。前妻繼續住在吉瓦坦因[3]的公寓，他則把他們在海法的出租公寓賣掉，拿那筆錢在吉瓦坦因的家附近另外買了一間四房公寓。這不是他第一次講述這些事，這點很清楚，而他平靜的語氣恰好讓歐娜意識到自己受的傷有多深。確切來說，她覺得她和羅能遇到的問題和吉爾的不同——但真的是這樣嗎?「嘗試新的事物」、「不願放棄人生」——吉爾隨口說出的這幾句話在她心中彷彿小顆手榴彈般炸開。

吉爾沒有察覺到這點，或者至少她希望他沒有。他問她：「那妳呢？」歐娜說：「不太一樣。我的——我們的兒子才九歲，他不懂為什麼事情一定要發展到這個地步。但我現在不太想談這件事。」

在那之後，她的心思就飄到別的地方了。吉爾談了他的工作，說到之前幾次去華沙以及布加勒斯特出差的事，他對她的生活表現出興趣，但當她拒絕時也並未強迫。時間過得緩慢。演出在十點十五左右散場，舞臺廣場因此擠滿人潮，爾後又洩得乾乾淨淨。十點四十，吉爾點了一杯零卡可口可樂，問她想不想吃東西。但她覺得這場約會該結束了，連第二杯蘋果酒都沒點。

十一點出頭，他說：「差不多了嗎？」然後她說：「嗯，該走了，很晚了。」「如果妳願意的話，我很希望我們能繼續聊天。妳有我電話。」他以此道別。

走去牽車的路上，她本來想打給保母問伊藍睡了沒，但根本做不到，因為覺得眼淚隨時都會潰堤。

3 Givatayim，位於特拉維夫東邊的城市。

2

一個星期後，她傳了訊息給他。

「吉爾，你還在嗎？」

「妳說這個網站嗎？顯然沒離開過。」

她為上次的約會道歉，解釋自己可能還沒準備好，他一定覺得跟她這人碰面很抑鬱陰沉。

他回訊：「完全不會。我也經歷過那一段，所以很能了解妳的感覺。不必介意，也許可以改天再約。」

學校已屆期末，晚上她得改考卷。伊藍的床邊故事已經讀完《乞丐王子》，她開始讀《大地英豪》，之所以挑選這些故事，是因為和他們的生活沒有任何關係；故事主角都不是得面對父母離異的小男孩，而是久遠以前、陌生地方的傳說。她開始在下午時輔導其他學校的學生，這樣除了伊藍的諮商費用之外，她就不必再向母親借錢。她每週上四到六堂輔導課，一小時收費一百謝克爾，每個月可以收到兩千元現金。暑假時沒有輔導課，不過她報名參加大學入學考的批卷人員，這樣就能有另一項收入。

她在學校的朋友（特別是比較不熟的那些）都在探聽她準備好了沒，能不能開始介紹對象給她。他們生活圈裡準備開啟第二春的男人不多，雖然大部分都是被篩出來的殘渣，不過其中還是有些真的搶手貨。歐娜拒絕了這些邀請。交友網站每週只會增加幾個新人，她不斷遇見同樣幾張面孔、聽見同樣幾句臺詞，都是試圖掩飾寂寞的漂亮文字：「除了真愛絕不妥協」、「尋找人生旅途的伴侶」、「不是妳常見的尋常男子，但真實以待，沒有謊言，也不戴虛假的面具」。他們全都是騙子，要嘛不夠瘦，要嘛太年輕，只有二十八、三十，歐娜不能理解他們為什麼會出現在這個網站，就像她不確定為什麼自己每隔幾天就會漫無目的地逛遍網站上的自我介紹。雖然再次和吉爾約會的念頭在她腦中閃過幾次，但當她真的傳訊息給他時，靠的不是深思熟慮後的結果，而是一時衝動。

他在幾小時後回覆：「我很樂意。但請不要因為可憐我而這麼做。」

歐娜傳了一個笑臉，寫道：「我可憐自己的話可以嗎？」

*

逾越節[4]來了又走。這是離婚之後的第一次逾越節晚餐，可憐兮兮，只有她、伊藍、母親以及哥哥一家，地點在卡庫，她哥哥的家中。席間氣氛一如往常，太多食物，太多無意間造成痛苦的對話。沒有人提到羅能。伊藍整個晚上黏著她，沒去和哥哥的小孩玩，也沒跟著他們一起去找被藏起來的餅[5]。隔天，節日的早晨，她在將近六點時醒來，天空布滿厚重烏雲，氣溫出乎意料地冷。冬衣早已被收進衣櫥最頂端，她不曉得她和伊藍要怎麼撐過整個連假。

保母忙著學校考試，只有星期二有空，不過這對歐娜來說已經足夠。某個安靜、上街狂歡的人潮較少的夜晚，吉爾來訊寫道：「我星期二有另一場約會，不過如果妳下星期只有那天有空的話，我可以取消。」這幾句實話沒令她比較高興，反而覺得反感，思考是不是該反悔。我就是塊肉，她想，這市場中的其中一塊。

也許沒有其他辦法了。

「這次可以不要約在特拉維夫嗎？」她問。而他回答：「當然，妳想約哪裡都可以。雅弗？吉瓦坦因？赫茲利亞的那座船塢碼頭？」

「吉瓦坦因不是離你很近嗎？」她想到他那兩個已是少女的女兒可能會經過他們約會的咖啡店。她想到他的前妻。

「非常近。不過說真的，我不在乎約在哪裡。我家附近有幾間店不錯，在卡岑涅森街上，但我去哪裡都可以。」

4 逾越節（Passover）是猶太教節日，記念古希伯來人從古埃及的奴役中解放。逾越節為期七天，通常會以社區或家族舉辦的晚宴象徵節日的開始。

5 指的是藏餅（Afikoman）。逾越節晚餐會吃三塊無酵餅，其中第二塊會被掰成兩半，其中一半藏起來，在餐後讓孩子們去找出來作為點心，這半塊藏起來的餅就稱為Afikoman。

第二次碰面前她就不焦慮了，這很奇怪。那感覺好像她是要去和同事喝咖啡，或者真如她告訴伊藍的，吉爾就「只是朋友」。

她打扮隨意，幾乎沒化什麼妝，也許是想藉此告訴他，她不會照市場上那些既定的規則走。他這次仍然穿著休閒，同樣的牛仔褲、白球鞋，只是襯衫換成白的。以色列的男人每到逾越節都會變胖，但她覺得他似乎瘦了一點。因為找不到停車位，所以她又遲到了，走進咖啡店時，他們親吻彼此臉頰。那個吻親切而友善，非常適合已經見過兩次以上的情侶。吉爾身上有種陌生的古龍水味，她立刻喜歡上那種味道，一種非常甜、如巧克力的香氣，令她不由自主想再聞一次。

這次她試著不再那麼憂鬱傷感，試著讓自己更健談一點，主要是不想讓吉爾後悔竟然為此放棄另一場約會。不過到頭來，她還是沒說多少關於自己的事，還是沒擺脫採訪者的角色——而吉爾同意再次受訪。

她問：「所以你很常這樣約會嗎？」他回答：「比以前少了。但是，對，算多。反正我晚上也都沒事。」

「都沒有結果嗎？」

「通常沒有。」

他說那些對象通常在第一次約會後就會斷了聯絡，不再傳訊息或來電。有幾個試過繼續聊下去，但被他視而不見，只有非常少數曾經發展到第二次約會，而在那之後還有進展的，總共也就三個人而已。兩年間三個人，這讓歐娜稍微喪氣了一點，彷彿從吉爾的話中稍微瞥見自己的未來，不過她很快又振作起來。別那麼愁眉苦臉，要多說話。她沒有一路消沉，或許是這次點了有酒精的蘋果酒，她覺得更放鬆、心情更好一點。吉爾說他常在上班途中來這間咖啡店，店裡跟上次那間一樣擠滿了年輕人，但不會讓歐娜覺得煩躁，反而還給了她一點幫助；另一部分原因可能也是因為吉爾點了紅酒。

「『之後還有進展』是指上床嗎？」她為自己的無禮感到訝異。

吉爾笑了。「上床也包括在內。然後那兩、三次約會再多一點什麼，最終發展成像是要開始交往一樣。」

「那為什麼沒在一起？」

「我猜是她們沒愛上我，我也沒愛上對方，以至於什麼事都沒發生，就慢慢淡了。」

也許是察覺到上次約會就是毀在離婚這個話題，他一直試著避開這件事，不過歐娜現在比較能夠容忍回憶了，所以當他開始說話時，她便提到了這件事。她堅持問他前妻和女兒的事，以此證明自己做得到。她想證明自己的內心就如伊藍的諮商師所說，真的變得更強大了，雖然她完全感受不到。

蘋果酒喝完後，她點了一杯梅洛。吉爾的第一杯紅酒其實很早就見底，直到這時才點了另一杯，彷彿他一直在確認她不會逃跑，確認自己若是點了第二杯酒不會顯得冒昧。回程的車上她想，他在這次約會讓她喜歡的部分可能跟他這個人本身無關，而在於他如何從兩人上次碰面時中斷的地方接續下去。現在她能認得，當要問某個可能太私人的問題時，他會放輕自己的聲音；當他對某個問題感到不好意思，便會以手指穿過髮間，邊答邊笑；如果覺得自己說了什麼令她陷入痛苦與沉默，他眼中便會湧現沮喪，而她認得那個沮喪；她也認得當談到他兩個女兒諾婭和哈達絲時所表現出的喜悅。

他的離婚協議確保了夫妻雙方共享女兒的監護權，但他從一開始就覺得這對孩子來說並不容易，兩個女兒應該會想在自己從小到大所住的房子、房間裡好好度過整個星期，所以即使他在新房子花了大錢裝潢她們的新房間，他也從未堅持兩人一定要搬過來。後來他各給了她們一把鑰匙，告訴她們隨時都可以去他的公寓，不必事先知會，甚至不必敲門。最初三個月，她們很少來，而且每次都會先傳訊息告訴他，不過這習慣慢慢地變了。有時他傍晚下班回家，開門就會看到她們在廚房或客廳寫作業、看電視。比較常來的是大女兒諾婭。公寓離他們本來的家走路不到十分鐘，他的前妻並不介意。他的公寓成了女孩的避風港，或是某種可以讓她們預先練習未來獨自生活的地方。現在她們每週會來個三、四次，在那裡不受打擾地準備考試、煮晚餐，然後把環境打掃乾淨。兩個星期前，他和女兒的相處有了重要進展：諾婭交了男友，第一次問他能不能讓對方在家裡過夜，不是在前妻的家裡，而是她在吉爾公寓裡的新房間。諾婭還有一個月就要滿十七歲，他和前妻想著要一起買輛車給她。車子的錢大部分都會由他支出，畢竟他的經濟狀況相較之下比前妻還要穩定許多。

那是歐娜在他們第二次約會時唯一想到羅能及伊藍的時刻，意識到她和吉爾面對的狀況如此不同。有一瞬間，她害怕自己的絕望和哀傷會失去控制，浮現在她臉上彷彿花掉的妝。她用伊藍的諮商師說過的話提醒自己：別給孩子壓力，歐娜，給他點時間。他有自己克服困境的步調，就像妳有自己的，即使妳還看不出所以然。

這次約會時間過得很快。

他們在午夜過後道別，因為她必須回家了。雖然在分開的當下她很想再聞一次吉爾的巧克力古龍水味，但因為某些原因，他們並未像見面時那樣親吻彼此的臉頰。

那天夜裡近一點，他傳了訊息給她：「很有趣的約會，歐娜。謝謝。」而她回覆：「謝謝。」

3

他的耐性令她驚訝。

一開始她覺得那是因為他同時跟其他女人約會，不過吉爾說從他們第二次約會後，他就決定不再和其他人見面，想好好給彼此一次機會。他沒有隱藏或撤下在交友網站的頁面，但歐娜不想讓他覺得她在偷偷監視，也就沒有提起這件事——或者說，這樣他就不會知道她也還在逛那個網站，就只是漫無目的地瀏覽所有新人，不為什麼特別的理由，彷彿她好像少了什麼。

五月，春。

他們在四月又約會一次，然後在五月見面三次。

在學校，歐娜的工作因為即將舉行的大學入學考試而繁忙；在家中，伊藍則不斷提起他下個月就要生日了。她和吉爾某次約會的兩小時前，保母打電話說她發燒了，沒辦法過來，歐娜本來想打電話跟吉爾取消約會，但最後改變了主意——困在學校和家中兩邊往返好幾天之後，她真的很想出門放風——於是她請母親來照顧伊藍。她事先便想到母親可能會問東問西，她也真的問了，於是歐娜說要和蘇菲出去，那是她的好朋友，她媽媽也認識，不過同時她卻穿了一件漂亮的短洋裝，母親想必能猜出她在說謊。

除了伊藍的諮商師，她暫時沒跟任何人提到吉爾，因為事實上沒什麼好說的——她沒在跟吉爾交往，兩人間的進展其實頗為緩慢——不過，可能是出於某種信念，她覺得只要自己不說破，就會有機會發生些什麼。她曾經聽某位女作家在電視節目上解釋過，為什麼她從來不讓任何人看她正在寫的內容：燉東西的時候，就該蓋好鍋蓋。

除了偶爾在彼此的雙頰上輕點，他們尚未碰觸過彼此的身體。所以到頭來，吉爾還是在和其他女人約會嗎？大多時候，她感覺自己只是為了維持生活運轉，而刻意關掉某些想法和感覺；和吉爾的約會是運轉的一部分，以維持平凡生活的表象。

早上醒來，她便得將自己和伊藍打理好，準備面對工作和學校。她會輕聲說「早安啊，伊藍藍」，帶著笑意撫摸他的黑髮，看他睜開雙眼。她教授同樣的課程內容，幫學生準備希伯來文文法考試，下午教伊藍寫作業，然後接輔導課賺取額外收入，上完課通常還能擠出點時間煮晚餐。然後，時不時和這個男人碰面。生活一切正常，沒有任何壞損。他們兩人對於食物和電影的喜好相仿，對於她和他約會這件事，他也從沒說過任何令她尷尬或難為情的話。他的外表迷人，她喜歡在街上時站在他身邊。他的希伯來文程度好過一般人的水準，有時甚至說得比她還流利正確。他富有耐性，謙遜有禮。簡而言之，生活繼續過著，沒讓她分崩離析。

但在其他時候，不快樂的感覺（或者說懷抱的希望）會破壞她為了保持正常生活所做的努力，一想到要和羅能以外的男人約會，她便十分害怕。她會用一些事情安慰自己——他們都喜歡吃壽司，他的體重沒有過重——幾週下來，她自覺彷彿變成了完全不同的女人，比之前更老。

伊藍的諮商師向她保證，在這看似已全盤崩潰的表象底下，時間正在編織新的秩序、新的生活。歐娜有時候會認同他說的話，但僅只極其偶爾。

母親來接手照顧伊藍的那天晚上，她和他去了購物中心的電影院，看了兩人的第一部電影：《星際效應》。歐娜深受故事裡的父女關係感動，因為想到伊藍和羅能，電影結束了還哭不停。後來他們去日本料理餐廳吃飯，她第一次向吉爾提到伊藍和羅能。

她向他解釋，伊藍是個特別的孩子，內向、纖細。六月初他就要九歲了，以這個年紀來說，他偏矮、偏瘦，而且非常害羞，幾乎沒有朋友。他最近遇到最好的事情是發現自己有點幽默感，所以常常拿出來用。他會試圖逗人發笑，對象通常是她，如果成功了他會非常開心。他在課堂上還不夠放得開。他著迷於各種飛行器——飛機模型、無人飛機、空拍機，或是任何會飛的東西。最近他也喜歡上車子，開始蒐集迷你模型，通常是歐娜媽媽買給他的。即使羅能經常在外，但伊藍跟羅能一直很親近。羅能以前是帶團出國的導遊——事實上現在也還是，只是目前住在尼泊爾。他在去年十二月時曾回以色列簽署離婚協議書，之後就沒見過伊藍了。

一瞬間，歐娜覺得吉爾會伸手握住她放在桌上的手，她非常希望他不要在那個當下那麼做。他知道這個話題對歐娜來說有多敏感，所以幾乎沒有插話發問，只是讓歐娜盡可能想說什麼就說什麼：

羅能娶了一個叫露絲的德國女人，比他年長三歲，而且有四個小孩。他們住在加德滿都經營旅舍，而且露絲懷孕了。

羅能答應不會斷了聯繫，會常來看伊藍，但到目前為止從沒來過。

二月底後他們連Skype視訊電話都沒講過。

「伊藍不會問到他嗎？他會跟妳提到這件事嗎？」

「不會跟我說。他表現得好像從以前就沒有爸爸一樣。但他會跟諮商師談到羅能，我只希望這樣對他是夠的。」

吉爾問起贍養費的問題，她說羅能把他欠的都寄來了。確切來說，是羅能的家人付的。他爸媽每月存錢到她戶頭，剛好在歐娜家附近時也會來看伊藍，一個月會來一、兩次。她本來覺得這只會引起伊藍的痛楚，想告訴他們別來了；但當諮商師問伊藍喜不喜歡爺爺奶奶來看他，他說喜歡。

是不是那天晚上說了這些事，才讓吉爾對她這麼有耐心？話說回來，他永遠都是那副從容不迫的樣子，從來沒給她見面的壓力，總是讓她決定何時約會。他總主動說要買單，但如果她謝絕，他也不會一意堅持。每次兩人吃飯，她都要求平分帳單，除非只喝飲料或是金額不大時才讓他付錢。從第一次見面時所說的事情看來，他確實有錢，但他從不誇耀這一點。某次約會離開時，她看著他走去開車，是一輛外表頗新的紅色Kia Sportage。他確實時不時會讓她感到驚喜，讓她覺得他還保有自己不曉得的部分，讓她覺得，真正的他比那不起眼的外表更加有趣。某次在電話上，她問他：「這星期過得如何？」而吉爾說：「我去了華沙三天，昨天剛回來。」但在這之前，他從未提起要出國。

「華沙？度假還是出差？」

「當然是出差。誰會去華沙度假啊？」

某次去吃日式料理，在聊完伊藍和羅能之後，她試著改變話題好讓自己的心情愉快一點，別繼續陷下去。「我們沒碰面的晚上你都在幹麼？你介意我問嗎？」

吉爾說他通常都在看書。他下班到家時大約六點半，如果去了健身房就會到七、八點左右，如果女兒在他家，他會花時間陪她們。他們有時會一起吃晚餐，然後一起看新聞或她們喜歡的電視影集；最近在看《陰屍路》，拍得不怎麼樣，他也不喜歡活屍，但她們喜歡，所以還是陪著看。如果女兒沒來找他，或者她們離開後，他通常都在看書。離婚前他看得不多，不過現在他告訴自己，在家的時候不准開電腦，而且手機要調成靜音；雖然這跟看書沒什麼關聯，但是他給自己訂的規則。他會看非虛構作品，例如傳記，或是關於諜報、摩薩德[6]或是二次世界大戰的書，他也看熱門的科普書，像是哈拉瑞的《人類大歷史》，這本歐娜也讀過。他從來不一個人看電視，不是出於什麼信念，只是純粹覺得那是浪費時間，相比之下，閱讀更能讓下班後的他理清思緒。歐娜為此有點羞愧，因為她本來預設他會是更膚淺的人；而且，除了念給伊藍聽的書之外，她自己超過一年沒翻開任何一本書了。

他把本來帶著巧克力甜味的古龍水換成某種比較刺鼻的氣味，她不喜歡，但他們的關係還沒有發展到能讓她對此評論的階段。某次他們約會時，以及那天夜裡的

6 摩薩德（Mossad），以色列情報特務局（The Institute for Intelligence and Special Operations）的俗稱，源自希伯來文原名。

某個片刻，她曾短暫想像他沒穿衣服、裸身站在自己面前的樣子。他的上半身應該比羅能更白、更圓潤點，毛髮不多，雙腳則沒那麼瘦而且比較結實，腿可能還比羅能修長些。她希望他的胸膛厚實，而不是軟綿綿的。她想像他們身處某個她不認得的陌生房間，不是她的臥室，她幾乎全裸，只著內褲。即便只是幻想，他們也並未碰觸彼此的身體，只是靠得很近，打量著對方，但他們站在一起的方式帶著碰觸的可能性，你會知道，如果其中一個人的身體要碰觸另一個人的身體，是**可能**的。

他們兩人在五月間最驚喜的進展是開始通話。

這個習慣大約從月中開始，在他們第四次約會過後幾天。那次約會他們去特拉維夫港一間昂貴的魚料理餐廳用餐，然後就和之前一樣，沒有其他計畫便分開，也沒有約定要再次碰面。某晚，當她念完伊藍的床邊故事、把廚房打掃乾淨，並在電腦前呆坐了一會後，她打開電視煎熬地看了幾分鐘《老大哥》，然後想到，此時吉爾應該在他的公寓看書。她關上電視，傳了訊息給他，沒有回應，才想起他說晚上會關機。接著，出於某種原因，她打了過去，而且不是用手機，是市內電話。

雖然認不得來電的號碼，不過吉爾馬上接起了。他其實還沒關機，但因為小女兒哈達絲還在，所以他還沒看歐娜的簡訊。

「要我晚點再打嗎？」她問。他說：「不用，等我一下，我換個房間。」

那幾次通話都很短暫，而且沒有什麼明確目的。他們大約三、四天會通一次電話，大都是因為沒有相約見面，並且都是由她主動。吉爾說他晚上不會再關機，只會設成靜音；而每次她打去，他都會接。她發現每次打給他用的都是市內電話，彷彿是在重現記憶中年輕時的經歷：她十四歲時交了第一任男友，名叫夏隆・路加西，是別班的學生。那時她房間裡還沒有屬於自己的電話，為了和他私下聊天，她會把客廳的電話拿進房間，接上電話線，把自己鎖在房間裡。接電話的通常是他媽媽，歐娜會問一個現在已經沒人問的問題：「妳好，請問夏隆在家嗎？」

當初那些日子裡，她其實也和現在打給吉爾時一樣，完全不曉得自己為什麼要打那些電話。她和夏隆整天相處，在學校見面時就已經把話都聊完，於是通話大多由沉默組成，但即使如此，那些電話對他們之間的關係仍至關重要。

她和吉爾通話時則沒有任何沉默的時刻。

「工作如何？你有偷偷飛去莫斯科出差，又偷偷飛回來嗎？」

「今天沒有，我整天都在辦公室。」

「沒去健身？那為了自己好，至少應該跳過午餐不吃才對。」

「沒去，還沒時間。兩個女兒今天都來了，說想一起吃晚餐。我應該會明天一大早去健身吧，真的應該運動一下。」

「你在看書了嗎？」

「還沒。妳呢？還好嗎？伊藍呢？」

聽到他說出伊藍的名字，她心裡突然充滿一種矛盾的感覺，甚至是反感。她還沒跟伊藍提起任何關於吉爾以及兩人約會的事，總說她是和朋友出去，這點讓她煩躁不已。母親問過她是不是在和誰交往，但她拒絕回答。

她也沒告訴吉爾這些電話讓她想起夏隆．路加西，不希望讓他誤解。

十或十五分鐘後，她會趁著話與話之間的空檔對他說「那晚安囉」。而他會說「晚安」。

4

六月初迎來伊藍的生日。

歐娜賭了一把：家長一般會選在星期五的下午，邀請全班的孩子到某座公園或自己家中辦一場尋常的生日會，這樣可以替所有家長騰出兩小時的空閒，沒有小孩打擾，而且相對安全；歐娜沒那麼做，反而選在里雄錫安的海灘辦風箏派對，逼得所有爸媽都得在午睡時間[7]開車把小孩載過去再載回來。有個家長建議她租一輛小巴，但歐娜不想承擔那種責任，再說支出早已膨脹到她無法負荷的程度。不過她還是建了一個WhatsApp群組，幫忙安排接送事宜，並且承諾現場會提供冰啤酒和西瓜，給想要留在海灘的家長享用。

---

7 英譯本為siesta time，應指下午因為天氣炎熱而休息的傳統，源自西班牙、義大利等地，時間長度可能長達好幾個小時。

派對在下午四點半開始，歐娜三點到現場，同行的有她媽媽、伊藍，還有伊藍學校那位很親切的輔導老師。自從歐娜離婚，這位老師就一直給予伊藍各種協助，也努力幫他融入同儕之中；老師還帶了男友來幫忙布置。雖然不是非得這麼做，不過歐娜也邀請了羅能的爸媽，只是被婉拒。她猜他們應該是怕場面尷尬，而且不想見到歐娜的媽媽。他們答應會在家中另外幫伊藍辦一場家庭慶生會。

一行人設好折疊便桌，擺出食物和飲料，歐娜租的大草蓆和懶骨頭在三點半送達，四點時派對藝人也來了，由三個中學生充當工作人員。伊藍忙著玩空拍機；雖然隔天才真的是他生日，但歐娜的媽媽還是忍不住先把禮物給他。空拍機的電池耗盡後，他也幫忙拿出零食就定位。他們唯一無法掌控的是風。

四點二十，只有三個孩子到場，歐娜的母親投來憂慮的視線；不過十分鐘後，四輛車分別載來大部分的孩子，派對開始了。伊藍全班三十三人，二十八人出席，另外有兩個孩子事先告知無法參與。歐娜在派對進行時沒有時間多想，但當天晚上，當他們回到家拆禮物時，她心中不禁對所有人充滿感激。家長、孩子們、表演藝人，甚至是她母親，以及所有幫助她籌辦這場派對的人，這是伊藍最棒的生日會。

這不僅證明了她的規畫和組織能力，更表現出這些孩子和家長對伊藍的愛，即使他內向又孤僻，仍視他為班上不可或缺的一分子。同時，這也表明了他們願意伸出援手，幫助他度過難關。她跟大多數的家長都沒提過離婚的事，不過顯然大家都知道她和伊藍正在經歷什麼。

表演藝人把孩子們和想要參加的家長分成四群，分別帶領他們組裝風箏並加上裝飾。風箏在六點十五左右完成，但因為當下的風太弱，他們決定先吃東西和吹蠟燭。歐娜先前列了清單，但還是忘了帶要把伊藍舉起來的椅子。其中一位爸爸建議用懶骨頭代替，而這顯然是個更好的選擇，因為伊藍可以整個人躺在上面，後仰著頭，在他們抓著懶骨頭將他晃向空中時舒服地看著天空[8]。日落時分，風開始變強，風箏像巨大的蝴蝶飛舞，引來好奇的人旁觀，在海灘上聚攏。連歐娜的母親都不得不承認，堅持在海灘上舉辦派對是對的。當派對結束，母親把支票給表演者的時候，

8　猶太人過生日的習俗之一，壽星會坐在一張椅子上，其他人會一邊唱著祝福歌一邊將他高高舉起，舉起的次數為壽星的歲數加一，多出來的那一次象徵未來一年也將順利美好。

完全沒有討價還價或故意表現出被敲竹槓的樣子；以前她常常這樣。最後，這場派對花費大約將近兩千五百謝克爾。

星期六，他們在家度過平靜的一天。

伊藍早起到她床邊叫醒她，她在他耳邊輕輕唱著生日快樂歌。她送的禮物非常簡單，是深思熟慮並和諮商師討論後的選擇：一本厚磅空白內頁的筆記本，皮革封皮加上固定繩，伊藍可以在每頁頂端寫上日期，記下當天的所見所聞和想法。他跑回自己的房間，幾分鐘後又跑到廚房找她，展示剛才寫下的東西。她剛才沒解釋應該從第一頁開始寫，所以他便在筆記本中間某一頁上，用綠色簽字筆斗大地寫著：「今天我九歲生日，媽媽買給我一本比記本，說不定爸爸等一下會用店腦打店化給我。」午餐，她做了他最愛吃的菜——炒雞肝、炸洋蔥和馬鈴薯泥——他們和歐娜的母親一起吃飯，她帶來了一個巧克力蛋糕，這次沒插蠟燭。

「他沒有打來說生日快樂嗎？」母親問。歐娜沒回答，只是繼續收拾餐盤，放進洗碗機。「那個混帳。」母親在餐桌旁喃喃罵著，歐娜聽到時有點訝異。伊藍正在自己的房間看電視。

她問過伊藍的諮商師，該如何和伊藍討論爸爸不會幫他過生日，諮商師認為應該至少要求羅能打電話來。所以她嚥下自尊，幾個月來第一次傳了電子郵件和Skype訊息給他：「希望你記得星期六是伊藍生日。如果你可以打通電話，跟他說聲生日快樂，他會很高興。」羅能沒有回訊，她希望他讀了訊息。

母親在下午時離開，就剩下他們倆。她提議去看電影，但伊藍不想出門，她意識到他應該是在等羅能打來。他們在客廳玩了一場大富翁，然後伊藍就又把自己關在房間裡看電視，而她在改考卷。每當她撇頭去看，Skype都是開著的狀態，顯示上線中。網路也沒問題。她可以感覺自己的恨意逐漸攀升，她試圖壓抑，因為再恨也幫不了伊藍，反而只會傷害到他。她讓伊藍過了幸福快樂的兩天，不管是她獨自一人，或是在其他愛著他們的人的幫助下，她都辦到了，她不能讓羅能毀了自己的努力。

諮商師曾建議在羅能沒聯絡的狀況下該怎麼說，晚上讀床邊故事前，她多多少少借用了那些話：「雖然爸爸還沒找到機會打給你，但我知道他很快就會跟你聯絡了。他一定很想你，也知道你已經滿九歲了。你記得我們跟爸爸之間有很大的時差，對吧？他還沒打來，應該就是時差的關係。總之，你知道爸爸很愛、很愛、很愛你，對吧？」

她想要打給羅能，把她媽媽罵過的話再罵一次，但那也無濟於事。他不會接的。於是她改打給吉爾，但他關機了。他們上次通話是星期二晚上，她提到籌備派對的事。掛上電話前，她說：「我們應該得等到生日結束後才有機會再聊了。」他在星期五一大早傳來訊息：「祝妳今天順利！也祝你們兩個都生日快樂。」

她得找人聊聊才行，所以打給了蘇菲，講不到一分鐘她就開始嚎啕大哭，把整週的緊張情緒都發洩出來。蘇菲的老公伊茲克在家，雖然已經很晚了，但蘇菲說她可以過來找歐娜。兩人的家只距離五分鐘路程，穿著運動服的蘇菲在十點一刻抵達。她們聊到羅能，蘇菲說了歐娜最想聽的話——因為不想吵醒伊藍，所以兩人壓低了音量：真的很難想像他人會爛成這樣，原來就是個卑鄙的傢伙，他不配擁有像伊藍這麼棒的兒子。

聽到這些話，歐娜覺得被安慰了一些。

雖然並未預期自己會這麼做，但歐娜這時把吉爾的事告訴了蘇菲。

蘇菲說：「妳之前遇到那個爛人，神會補償妳的。妳之後一定會遇到好的對象。」此時歐娜的回答令蘇菲有些訝異：「也許我已經準備好和人約會了，我不確定，但我覺得自己可以了。」

蘇菲不敢相信歐娜之前都沒提過這個男人，她要歐娜交代每個細節。雖然不容易啟齒，歐娜還是鬆口說了他們在失婚人士的交友網站上認識，已經見面七、八次，有時會通電話。蘇菲想要看他長什麼樣子，但歐娜手機上沒有他的照片，於是蘇菲說：「沒關係，我們去找他的Facebook。」奇怪的是歐娜從來沒想過要這麼做，不過話說回來，她自己根本也沒在用Facebook。她們登入蘇菲的帳號，用了希伯來文、英文和各種拼法搜尋「吉爾·杭札尼」，就是找不到他。歐娜才想起來，可以到約會網站看他的照片。她點開他的個人檔案，蘇菲的評語是「還不錯看，但妳不覺得年紀有點大嗎」。

純粹出於好奇，她們又快速掃過幾個人的自我介紹。「這幾個都滿可愛的。」蘇菲宣布。「我好像也該離個婚試試看。」接著她問：「所以，妳跟他是認真的嗎？」

歐娜回答：「我也不知道。以前我們都是怎麼判斷的？我覺得我已經忘記怎麼做這些事了。」

她的心情漸漸好轉。吉爾不再是個祕密，她覺得這一步好像讓他們的關係又更近一些。她坦承兩人沒上床，甚至沒接吻，蘇菲驚叫：「呃，所以妳打算怎麼確定認不認真？當然先上了他，我們再來討論啊！」歐娜大笑，她們的對話聽起來就像兩個高中女生在聊天。其實她們高中時並不認識彼此，兩人的友誼要到很後來才開始，中間人算是她們的兒子。伊藍和蘇菲的大兒子唐姆以前都在同一間托兒所，上了幼稚園也是，不過唐姆有自閉症，後來他就去了特教學校。

結果事情就在隔天發生。

星期日一整天，歐娜都聯絡不到吉爾，直到晚上六點他才回電，這對他來說不怎麼尋常。吉爾問派對辦得如何，她說非常成功。當問及為什麼昨天就找不到他時，歐娜再次對這個人感到驚訝。原來他臨時起意去了一趟小旅行——部分原因是他知道她會忙著幫伊藍過生日，兩個人應該沒時間碰面——他星期五就出發，連著週末兩天，和兩個認識的車友去賽普勒斯騎自行車。他本來沒有要參加，但有人在最後一刻取消行程，他決定衝動一點。事實也證明這個決定是值得的。他們挑了一條風景優美的路線，從特羅多斯山脈頂端一路騎向濱海城市帕弗斯，途中經過無數松木林與古老的村莊。他們在帕弗斯吃了美味大餐，然後住進一間可愛的旅社。聽到他說全身肌肉都在痠痛，她猜想他應該不會想要碰面，不過當她問起時，他說得先確定兩個女兒有沒有要來家裡吃晚餐，晚點給她答覆。六點半，他傳來訊息：「我跟女兒們改約明天了，我們九點碰面如何？」

這時她就知道，這次約會將與之前不同。

不是因為他，他大概會照先前的模式繼續下去，不一樣的是她的感受。她感覺許多事開始彼此連結，浮現某種輪廓：她終於開口告訴蘇菲，讓她和吉爾的關係不再是祕密；伊藍的生日派對順利進行，毫無阻礙；羅能至今未曾打電話給她，也沒傳過訊息；以及聽到她和其他人約會時，蘇菲那平淡、甚至略顯嫉妒的態度。

吉爾的臉因為單車之旅而曬黑，他穿著紅色T恤，整個人看起來更年輕了。她真的很高興能見到他。他們去了特拉維夫港市場裡一間亞洲料理餐廳，兩人坐在吧檯，膝蓋頻繁碰觸──他穿著藍色牛仔褲，她的膝蓋則光裸，她穿的那件裙子在坐下時會向上縮。

她感覺自己擺脫了祕密、禁忌和愧疚感。她試著在對話間更放得開、更直接一點，放大那股自由的感覺，並時不時把手放在他的膝蓋上。吉爾問起生日派對，她鉅細靡遺地說了每件事。然後他拿出手機，讓她看他們騎行途中經過的每一處美景──照片都在某個網站上，不是他的手機裡，因為他其實沒拍任何照片，都是朋友拍的──聊完這些，她無來由地脫口而出：「我可以問一個問題嗎？只是假設。」吉爾說，假設性問題是律師的最愛。

「通常，如果想要在一起……你知道，親密一點的話，大家都會怎麼做？」

他花了一點時間才意會過來。「妳是說要去哪裡嗎？該去誰家？」

「嗯。」她說。他則露出驚訝的表情。彷彿兩人之前都不是以男人和女人的身分碰面，直到現在才算真正的約會。

「通常是去其中一方的家裡。」

但她不想去他家，一方面覺得太快，一方面還怕他哪個女兒會突然跑來。她家則不在考慮範圍。雖然有那麼一瞬間，她短暫考慮過要讓伊藍去她媽媽家過夜，並讓她媽隔天直接送他去上學。

「所以你都去哪裡？車上？海邊？我是說如果是你的話。」

吉爾說看情況，回答得有些結巴。當她追問他之前和其他人約會時怎麼做，他說旅館是選項之一。

一開始聽到這個答案，她有點不太情願。她怎麼會沒想到呢？「計時旅館嗎？像電影裡演的那樣？那種地方不是都髒髒的？」

「我不確定妳說的是哪種電影，不過也不一定是計時旅館，特拉維夫裡任何旅館都可以，就是訂房間過夜。」

但在那陣反感消退後，她其實滿喜歡這個答案的，只是不確定為什麼。「你覺得呢？我們應該也到這個階段了吧？」她說。

「我希望是。不過妳確定要在今天晚上嗎？我因為騎車還有點肌肉痠痛……而且，這時間對妳來說是不是有點晚了？」她希望最晚能在一點或兩點前到家，這樣還能睡上幾小時再去上課，不過現在才十點而已。她問他有沒有熟識的旅館，她看得出來這個問題讓他有些尷尬。他說：「路上到處都有招牌，或者我們可以上網找。」她打開手機搜尋。

他開著Kia休旅車走在前方，她則開著自己的舊Suzuki跟在後面。路程中還是有改變心意的機會，但她沒有。相反地，她希望趕快進到旅館房間，和他躺在同張床上，和他上床，這樣她就能知道和這個人做愛會是什麼感覺，然後她就能好好放下這個念頭。

看到旅館時她有些驚訝。

旅館很小，位在尋常住宅區的街道上，但看起來確實是旅館。裡頭有著狹窄但舒適的大廳、乾淨的地毯、兩只書架和一個可以泡茶和咖啡的小角落，有對中國或日本遊客坐在棕色皮沙發上，正等計程車來接。

主動的人是她，由她提議、說服、踏出大膽的那步。之所以如此，不是因為她決定要成為這樣的角色，而是她隱約覺得這是唯一能讓這件事發生的機會，是唯一能讓她想要這麼做的機會。

房門剛在他身後關上，她便轉身吻他，壓上他的身體，然後把自己的裙子拉至腰際，感覺他摩擦著自己。她拉他上床，脫掉他的T恤，輕觸他柔軟的後背。她還來不及伸手，他便脫掉自己的褲子，她開始覺得心思有點飄出房間外。不過她很快就把自己拉回來，按住他的手，說：「還沒，等一下。」

房間就是普通的旅館客房，能讓不求奢華只是想找地方睡覺的旅客有所安身：拼木地板、白色床單、五〇年代特拉維夫的黑白照片，牆上掛著一般大小的東芝電視。她後來才發現深色窗簾後還藏了扇窗，正對著一片年久失修的舊公寓牆面。那面牆東剝西落、骯髒破舊，就擋在窗前，靠得太近，上頭掛滿水管、線路和年代久遠的空調設備。

他的皮膚太輕、太軟，背上和肩膀有著許多胎記，她覺得得花上點時間才能適應他的身體，但知道自己可以。

吉爾很溫柔，有時溫柔過頭，撫摸她頭髮的比例超過她會喜歡的程度，親吻她頸窩和肚子的時間就顯得不足，但以兩人第一次上床來說，還不算太糟。他戴著保險套，進入她的身體，她沒有高潮。他問要不要用手幫她，她說：「現在不要，等一下。」整個過程中他都張著眼尋找她的視線，令她意識到自己從來沒遇過在做愛時不會閉上眼睛的男人。

結束之後，吉爾就進了浴室沖澡，鎖了門。歐娜打開閱讀燈，想看母親有沒有傳訊息來——然後在那一瞬間，她看到了自己的身體。她的腳、塗了黑色指甲油的腳趾、已經許久沒刮的陰毛，以及一對大而黑的乳頭。

她確實也想到羅能，但主要的念頭是在別的事情上：在母親家的伊藍正睡在我小時候的房間裡，羅能則和名叫露絲的德國女人在尼泊爾。而我在這裡，特拉維夫某間旅館的房內，剛和某個男人（吉爾）做完愛，也許以後會再做一次，也許不會。我們分崩離析，但我卻完整了。

她也想到另一件事：羅能記得她的身體。他記得二十歲的她、三十歲的她、還沒懷孕生孩子前的她，當她和他上床時，她那些身體的總和，彷彿那些身體的記憶也和他們在同一張床上。但對吉爾來說，她唯一的樣子就是現在的身體——現在的肚子、現在的腳、現在的乳房——它今天是什麼樣子，她就是什麼樣子。她不知道這是好是壞。

吉爾沒說太多話，彷彿有點嚇呆了。他沖澡沖了很久才出來，她進去的時候，裝洗髮精和沐浴乳的透明小瓶子裡幾乎沒剩多少。他陪她走去牽車，但兩人沒有吻別。「你沒事吧？」歐娜問道，他說沒事。他的背肌和腿都在痛。他說自己沒預料到今天會有這項進展，她說她也沒想到。即使只是走在狹窄、漆黑的特拉維夫街上去牽車，也可以感覺到兩人之間的親密感進展到了新的階段。吉爾說：「我們現在回各自的家感覺有點奇怪。快要兩點了，妳確定不要去我那邊？」

她確定。

於是她說：「我們明天再聊？」

5

他們隔天的確有聯絡。事實上，他們在接下來的兩週裡幾乎每天都有聯絡。他們每週至少見一次面，大部分都在旅館，一次在他公寓，彷彿兩人都試圖推進，測試自己和這段關係的強度，加大火力，好判斷該不該讓這道菜繼續煮下去。只是，雖然頻繁見面，她卻仍搖擺不定，一方面覺得應該和這個人繼續發展，一方面又覺得吉爾仍有些陌生。

她喜歡那間旅館，陽光海灘旅店。每次他們入住，都讓歐娜想起以前當空姐時已經習慣成常態的異國迷你旅行；過去幾年，她非常想念那些旅行。有人洗好的白色床單鋪在大床上，厚重窗簾成了每間房裡的相同景色。曾有一次，她讓母親來陪伊藍過夜，自己和吉爾睡在旅館裡，隔天吃早餐時，鄰桌坐了一對年長的德國遊客，那兩個曬傷的老人一直找他們搭話。歐娜不曉得該說什麼，不確定他們到底知不知道她和吉爾為什麼會在那裡，又或者誤認他們是夫妻。與此同時，吉爾則輕鬆地用英語和他們聊天，推薦他們搭計程車去死海，不要搭公車或自駕。後來，當老人問起他們夫婦是哪裡人時，吉爾說他們是以色列人，這幾年都住在歐洲，這趟是來探親。說完，他便像伊藍一樣，露出一種「成功騙過外婆」時會有的笑容。

他又提了幾次要在他公寓碰面，但歐娜都拒絕了，直到某個晚上，他們看完電影要去旅館，卻發現已無空房。那時是初夏，特拉維夫已經滿是觀光客。吉爾保證兩名女兒此時不會在他家，也不可能突然跑來。他之前曾和歐娜提過，他要求她們以後要來都得先打電話，他甚至提議把女兒手上的鑰匙拿回來，好讓歐娜安心。她同意去他家，但人處其中了卻感覺不自在。公寓很乾淨，大概是他有請清潔工，但因為很久沒翻修了，滿是過時家具。她覺得像進到某人才剛離世的父母家裡：客廳放著舊式木製餐具櫃，玻璃門收納櫃裡擺著陶瓷娃娃，磨損的沙發正對著超大平面電視。她沒去過任何一個離婚人士的家中，總之跟想像的不太一樣，一部分也是因為他曾說投了一筆不小的錢在這間公寓。兩個女孩的房間幾乎是空的，兩張亮色系兒童床和成套的書桌，就這樣。她還在其中一間裡看到一顆足球。吉爾房間裡的床很舊，旁邊有張梳妝檯，臥室窗戶面對一片美麗的後花園，樹影繁盛。

她仍感覺猶豫，思緒沒有因此變得比較清楚。他們第二次上床時，吉爾比較有自信，勃起得更硬也更久；雖然她從來沒遇過吃威爾鋼的男人，但她還是覺得他吃了。他摸她頭髮的時間還是超過她會喜歡的程度，即使到了第五或第六次，她仍沒習慣他的身體——不過在第三次之後，她還是能夠和他一起高潮。他的身體有種海綿般的感覺，不是胖，就只是軟，不夠結實。吉爾射精之後會急著進浴室把自己清乾淨、沖澡，這讓她不由自主地想起羅能，每當他們做完後他總有種泰然自若的態度，彷彿性愛讓他更貼近自己，更適合這個世界。做完愛後，他可以在床上躺好幾個小時，就是聊天，而不急著穿衣服、擦掉身上的精液或汗水。他比吉爾矮，但比較瘦，膚色非常深——他們剛開始做愛的時候，她曾說過他的身體像是患了厭食症的舞者——他的髮型在他們認識之後不太改變，總是黑色長髮在頸後綁成馬尾，三年前長出第一批白髮。

六月尾聲，迎向暑假。伊藍想和同學一起參加學校舉辦的夏令營，她同意了。

那場生日派對讓他的人際關係穩定了些，某天下午甚至帶了一位叫羅伊的同學到家裡。

每天陪伊藍走路去學校參加營隊後，她的早晨時間就變得又慢又長。她打開空調批改大學入學考卷，又在太冷時關掉空調，到了十二點就弄點東西當午餐。如果去到超市附近，她會拿一份免費報紙來看分類廣告。雖然她並不真的想辭掉現在的工作，也沒有打算申請成為年級負責人或校長，但仍好奇有哪些兼職工作或高薪教職。她看到幾則協助申請外國護照的律師廣告，但都不是吉爾．杭札尼。

這時他常出國，兩人就比較少見面。七月第一週有三天要在布加勒斯特，第二週有四天在保加利亞。他們逐漸減少約會和通話，說不清楚是誰把情況導往這個方向。也許雙方都有責任，但這跟兩人一起得出的結論不同，沒有人把話講開，明白告訴對方這段關係走不下去之類的。

她身邊的每個人要不是已經出國，就是正打算出去。蘇菲和伊茲克去美國東岸旅行三週，樓下的鄰居要去泰國度假，請歐娜幫忙給盆栽澆水。伊藍的諮商師也計畫要在夏日來一場長假，所以歐娜趁著他離開前和他碰面。他總結了伊藍這一年在學校和家中的情況，認為雖然還有很長的路要走，但整體而言伊藍處理得還不錯。伊藍理解爸爸離開並不是自己或自己所面對的問題，而是爸爸選擇和新太太結婚並接下新工作，到新的國家去過新的生活，即使距離遙遠，但他還是很愛伊藍。此時距離伊藍的生日已經過去一個多月，羅能仍未回覆她的訊息，不過伊藍已經不再提到他了。伊藍常在她買給他的筆記本寫字，在諮商時主動向諮商師分享他寫的內容。他以同年齡小孩沒有的直接態度描述了自己的恐懼，但也記下許多快樂的學校生活或是和朋友在營隊發生的事。他與其他小孩還是有點疏離，刻意保持一定距離，不過他擅於觀察、富有洞見，正在培養以口語描述見聞和感受的珍貴能力。那次會面尾聲，諮商師問到歐娜正在約會的對象，一方面是因為她曾經提過，另一方面也因為伊藍曾經和諮商師說到媽媽偶爾會和「朋友」見面。歐娜覺得有些尷尬。她為沒有交代後續而道歉，彷彿這應該是她的責任，並承認她曾有一晚在外過夜，把伊藍留給母親照顧。出乎意料的是，諮商師認為這是好的。他鼓勵歐娜多告訴伊藍一些，可以說她要和那位朋友去玩或是旅行，向伊藍暗示她也正開始新的生活。如果她能坦白說出所有或大部分的事情，伊藍也許就不會那麼害怕自己被阻隔在她或爸爸的新生活之外。諮商師問她是否打算讓他們見面時，她馬上回答：「誰？伊藍和吉爾嗎？不可能。」隨後她意識到，至少在這個當下，即便和吉爾的關係繼續發展，她也仍無法做到這一點。

*

母親開始逼問吉爾的事。歐娜因為曾經請她來陪伊藍過夜，無法再迴避這些問題。歐娜說了他的名字，說他是律師，並大致提到他的工作情形、住在哪裡、他的女兒和前妻，但當母親想知道更多時，她便顯得防備，她覺得母親只是想知道吉爾有沒有錢。

歐娜說了去他公寓過夜的事，也說了他們會去看電影、上餐廳吃飯。她說他和前妻關係良好，但沒有復合的機會。

「妳怎麼知道？他們還有聯絡嗎？」

母親這些問題裡的某些東西逼使她開始思考，為什麼自己還是無法確定這段關係，她也懷疑最近碰面時，吉爾似乎不怎麼高興，但也有可能只是她想太多。蘇菲建議她列張清單，寫下這段關係的優點和缺點。歐娜感覺這麼做實在太傻，但就算她沒有真的提筆寫下任何東西，那張損益表仍在她腦中持續計算，無法停止。在約會前，她通常都因為能見到他而心情愉悅，因為他們有話可聊，她也覺得自己能夠享受兩人的旅館時光。不過在某些時刻，或許是因為欠缺了什麼，這段關係反而讓她充滿絕望與痛苦，甚至是自我厭惡。他的外表還不夠吸引她，也不確定他瘦一點的話，她是否就會回心轉意。他的某些行為讓她覺得有點像強迫症，例如做愛後洗澡洗很久，還會把手機一起帶進浴室，又例如無論進到旅館或餐廳，他總會把手機放在床頭櫃或餐桌上，再用錢包壓著。

還有，雖然解釋不出為什麼，但她永遠不想再踏入他的公寓一步。

她從沒去過他的辦公室，所以不曉得他工作時實際都在做什麼，她也不好奇。去他家那次，她沒看到那輛自行車。車子不在公寓裡，也沒停在一樓的公共空間。然後是他最近某次約會時說的話，讓她覺得有點冷感。那時他們在討論政治局勢；因為前一年夏天發生了小型衝突，現在隨著南部邊界的情勢再次升溫，又有幾枚飛彈射入以色列境內，每個人都討論今年夏天會不會重演戰事。吉爾說發生幾場小規模的戰爭無妨，對他的生意反而有幫助。他解釋：「第一個注意到這件事的是我的會計師，把營收列成圖表就一目了然。每次軍事行動結束之後，有資格拿外國護照的人就會急著申請，以防萬一我們撐不過下次衝突還有後路可退。當然，他們也有可能只是覺得拿歐洲護照入境別的國家比較快樂。」

她認為這段戀情會慢慢淡掉，事實上也的確如此。

她感覺吉爾不會努力爭取這段感情，也自知不會堅持非繼續下去不可。或許這是個訊號，讓她知道放手是最好的選擇。反正伊藍的夏令營在八月中就會結束，到時距離開學還有兩個星期的硬仗，她應該每到晚上就已筋疲力竭。再之後就會入秋，到時就算她和吉爾已經結束，也不算毫無所得：她會再次登入約會網站，應該會，而這次會更熟練一點。也許她會懂得以不同角度看待那些自我介紹和照片，和其他人碰面也不再是件毫無經驗、令她不知所措的事。

不過突然之間，他又開始頻繁打電話來。他說前兩週工作很忙，問她有沒有打算去旅行。她說沒想過。她也很希望可以帶伊藍去阿姆斯特丹或倫敦玩一星期，或是去某個寧靜的希臘小島也可以，但旅費對現在的她來說太貴了。春天時，母親曾提議出錢讓歐娜和孩子去度假，甚至可能和他們一起同行。不過最近她跟歐娜說自己參加了旅行團，要在至聖節[9]時期去克羅埃西亞和斯洛維尼亞，沒再提起出錢讓他們去旅行的事。吉爾問歐娜，八月底時有沒有可能和他一起去玩幾天，他出錢，而她說沒辦法。她無法丟下伊藍整個星期不管——就算只有一晚對她來說都不容易，而且她還不確定他們之間到底處於什麼狀態，感覺還沒到可以一起旅行的時機。

吉爾問她：「妳是指什麼？哪個部分不確定？」

「我也不知道。你對我們的關係都很確定嗎？」

「我確定自己喜歡和妳相處。」

她希望聽到什麼答案呢？她甚至無法毫不猶豫地對他說出同樣的話。她暗自感謝他夠細心，沒有反問她那個顯而易見的問題：妳不喜歡和我在一起嗎？

那通電話結束後幾分鐘，他傳來訊息：

那如果挑一個週末在國內旅行呢？去戈蘭找間民宿如何？妳也很需要放假吧？時間允許的話我們可以這星期就去，我覺得會很不錯。

她反覆斟酌，寫了好幾個版本的回覆又刪掉，最後回答：

這週末沒辦法。

一個星期後，他們去了耶路撒冷。

吉爾在週五早上來接她，伊藍和母親在簾幕半掩的窗後看她上車，歐娜已經跟

9　至聖節（High Holy Days）算是猶太曆新年期間的總稱，時間大約在西曆九或十月。期間多個重要猶太節日，從新年（Rosh Hashanah）、贖罪日（Yom Kippur）一直到住棚節（Sukkot），節日之間都非常相近，但沒有完全連續。至聖節期前後加起來會將近一個月，其中猶太教三大節日之一的住棚節便為期一週。

母親說得很清楚，她不可能邀請吉爾上樓。她沒帶行李箱，拎了一只中型手提袋，裝了盥洗用品、化妝品、手機充電器、換洗的衣服和一本書，最近的早晨她會和伊藍在海灘上一起讀。她在打包之前把所有要帶的東西攤在床上，就像以前每次旅行前那樣。他的Kia休旅車又高又寬，內外都乾淨地令人讚嘆，空調冷得入骨。她把包包放在後座，然後吉爾便俯身過來，吻在她脣上。收音機正在播放古典音樂電台，車子在一陣奇異的寂靜中起步，彷彿漂浮在道路上，這時她才突然意識到，自己真的要去度假了。好久了，久到忘記上次是什麼時候。

吉爾訂的蘇格蘭式旅館位在欣嫩谷旁高地上的一間教堂[10]，八月二十一日入住一晚。

歐娜想住這間旅館想了好幾年，實際入住便立刻愛上樸素實用的客房設計以及周遭環境：教堂後方林蔭蓊鬱的碎石庭院裡隨處散落著咖啡桌椅，其中兩張桌子設在入口處附近，可以眺望東耶路撒冷。他們比表定的入住時間提早抵達，但客房早已準備好，兩人把行李拿進房間後，就坐在入口那兩張桌子旁喝咖啡。雖然不是間豪華旅館，不過氣氛寧靜，有種簡單的美，剛好是她現在最需要的。

中午氣溫攀升到三十六度，但他們還是選擇待在戶外，兩人在葉明莫什和平安居所閒逛，然後越過主大街，穿進城市的東半邊。午餐時間，他們坐計程車回到市中心的馬哈尼耶胡達市場，隨意在某個攤販買了熱起司酥皮派充當午餐，因為吉爾已經為晚餐訂了餐廳。下午四點，回到旅館休息。他們做愛，感覺比以前好多了，可能是因為此時還是白天，而房裡陰暗、涼爽宜人，有種自由的感覺。晚餐的餐廳就在旅館附近，兩人便走路過去。他們喝了一整瓶紅酒，說起話來比以往更加坦率，這一切都要歸功於他。

他問起伊藍和羅能，她說羅能終於在上星期六回電，並對伊藍說很快就會來找他，可能是住棚節[11]的時候。她不確定羅能說的是不是真的，也不確定如果他真的來了她的心情會怎樣——事實上，她很清楚自己有多害怕羅能來訪，但她也看得出伊藍對於能見到爸爸有多興奮。一如以往，她很擔心即將來到的新學年，因為不曉

10 指的應該是聖安德烈蘇格蘭旅館（Saint Andrew's Scottish Guesthouse）。

11 住棚節（Sukkot）為猶太教三大節日之一，大約在西曆九月、十月左右。

得伊藍會遇上哪個新老師，也不確定對方能不能理解伊藍的處境並以耐心待他。不過，鑒於上個學年最後的狀況，以及伊藍決定參加學校夏令營，她對未來稍微有了點希望，或許伊藍能夠敞開心房，開始結交朋友。

也許是一整天都沒碰公事，吉爾顯得很放鬆，甚至比他們平常在特拉維夫約會時還放鬆，這令她想到他們在一起時他幾乎很少會接到工作相關的電話。回旅館的路上微風徐徐，幾乎可算是涼爽。吉爾對她說：「我們認識快四個月了吧？」

「才快四個月嗎？我以為已經超過了。」

「而妳還是不願意告訴我妳的想法。」

「對什麼的想法？」

「對於我們，對我，對我們之間的關係。」

她安靜走著，細細思考，然後說：「你不覺得這種事本來就很難用言語形容嗎？」

他說只是想讓她知道，他懂這件事對她的難處在哪，也懂有多複雜，他沒有催促她的意思。聽到這些話讓她舒服不少。可是他隨後又補充道，如果她願意，他也可以差不多像現在這樣繼續走下去，她就覺得這樣的話有些扎耳——彷彿他們只是在討論某份工作。

那天晚上，他們又做了一次，這次比較短暫。他在事後趕進浴室沖澡，是當天的第二次，然後他說有東西忘在後車廂，所以去了趟車上。他去了二十多分鐘，回來時她幾乎要睡著了。

早上時她在淋浴的水聲中醒來，意識到他比她還早起。這次他把手機留在床邊，壓在錢包下面，大概是因為他忘了帶進浴室，或者覺得她還在睡。歐娜拿起手機，發現不必輸入密碼的那個當下，她已快速瀏覽過手機上的應用程式。她甚至開了WhatsApp，但因為聽到水聲停止，所以沒時間檢查是不是有任何不尋常，便趕忙把手機放回原位。

三天後，她見到了他太太。

6

暑假最後一週的星期二。早上她要開新學年的教職員會議，便帶著伊藍一起，讓他留在辦公室自己玩平板電腦。雖然多了兩門十年級的課，不過她的課表跟去年差不多，沒什麼變動。她答應伊藍，開完會要帶他在特拉維夫玩一整天，是這個夏天的最後一次出遊。他們在特拉維夫博物館參加了一場手工課程，午餐吃麥當勞，然後去迪岑戈夫中心購物城看電影。

手扶梯抵達三樓，左轉要往售票口時，她就看見吉爾。他排在果汁店的隊伍裡，身旁跟著兩個年輕女孩，歐娜馬上認出那是他的女兒，諾婭和哈達絲。有那麼一瞬間，她想著到底是該轉頭去看，還是假裝沒看到他，不發一語從旁走過——反正吉爾沒看到她，他正忙著攫取穿了一堆耳洞的女店員的注意——但裝作沒看到實在有點蠢，她覺得此時或許是向伊藍介紹吉爾的好機會，趁著他和女兒在一起，就當作是偶然提起，不必太小題大作。於是她輕聲對伊藍說：「你看喔，那邊是不是有個叔叔帶著兩個女孩？他就是我之前跟你說過有時候會見面的朋友。」從歐娜注意到吉爾，到她帶著伊藍站到他身後這短短幾秒間，吉爾身邊突然出現一個女人；也有可能她一直站在那裡，只是歐娜沒想到他們是一起的，所以一直沒注意到她。

歐娜說：「嗨，吉爾。」他轉過頭來，有點驚訝，倒沒嚇到。他們從耶路撒冷回來後還沒聯絡，一方面她正忙著準備開學，另外他也說會出差三天。她不太記得到底是哪三天，不過兩人已經約好這個週末要碰面，耶路撒冷的旅行讓她頗為期待見到吉爾。如果他嘗試在伊藍面前吻她嘴唇或臉頰，她會閃開，但他實際上的反應卻讓她不知所措。他的態度疏離，甚至有些冷漠，表情毫無變化地快速打量著伊藍。她說「這是伊藍」，他說「很高興見到你，伊藍」，接著他轉頭告訴兩個女兒：「她是歐娜．阿茲藍，是我以前的客戶。」她第一個念頭是，這是他對女兒的說法。她本來是這麼想的，直到那個女人也開口向他們問好。感覺得出來她試著對歐娜和伊藍盡可能友善，特別是對伊藍。「你們好。」她說話時帶著笑容。「我是他太太，我叫露思。你們也是來看電影嗎？」

＊

伊藍目瞪口呆地看著電影，歐娜則是想著吉爾，心裡湧起怒意和受傷的自尊。接下來幾小時，她頗為沮喪，但不是一直持續，而是如浪般一波一波來。吉爾騙了她四個多月。他真的結婚了嗎？看起來是。但露思還是有可能是他的前妻。她自我介紹是他的太太，可能是習慣使然，或者覺得沒必要對陌生人自稱「前妻」。吉爾也說過他們關係良好，偶爾會碰面。但如果是這樣，為什麼還要說歐娜是「以前的客戶」？

她催促著伊藍離開，以回家之後可以看電視為保證，換取他不去買冰淇淋吃。回程路上，她盡量不去想吉爾，好專心開車。下午從特拉維夫到何崙的車流壅塞，而伊藍一直想找她說話，她便開了收音機。他沒提到吉爾，似乎也沒注意到她看到他之後的情緒變化。到家後，她打開他房間的電視，便一屁股坐到電腦前，彷彿有急事要處理，但其實完全不曉得要幹麼。她上了約會網站，打開吉爾的個人頁面，就只是盯著畫面看。他沒有打電話來，也沒有傳訊息，或許是還與家人在一起。晚上七點半，她和伊藍已經吃完晚餐並洗好澡，比平常還早了一小時。她念書給伊藍聽，只讀了兩頁就說她覺得累了，要他試著自己入睡。

蘇菲還在美國，而歐娜也絕對不可能把這種事告訴母親。在這種危機時刻，她的本能還是想找羅能說話，但這想都不用想，反正他不會接電話。

她爬上床，躺下時覺得自己就要窒息了，恐懼的程度和羅能剛離開那幾個晚上有得比。她沒開房裡的燈，就那樣躺著，恐懼感直到睡著後才消失。有太多事無法理解了：他在兩人見面時的輕鬆態度、他的公寓、他總是能接起她的電話、無論什麼時候想碰面他幾乎都有空、他們一起在旅館度過的那些晚上，還有在耶路撒冷的週末。說起來，他從來不曾表現出躲藏的態度，也不像還在婚的樣子。她在凌晨五點一刻醒來，還是沒收到他的訊息或來電，這時她就確定，他已經不打算和她聯絡，也不會打電話解釋，而會安靜地直接從她生活中消失。

星期五，學校開學。她早上會陪伊藍走到學校，陪著他到上課鐘響，然後才開車去上班。最初那幾天，恐懼徘徊不去。她並不覺得羞恥，也不覺得受到背叛——

事實上，她認為吉爾並不欠她什麼——但就是有股恐懼在她心中逕自壯大，彷彿她是某起極端暴力事件的受害者。

每天晚上，她會檢查門窗三次，確定都已上鎖，等伊藍睡著後，她會以問候為藉口打電話給母親。她唯一一次允許自己談到那個話題是和蘇菲聊天的時候。蘇菲從美國回來後幾天曾打過一次電話給歐娜，那次對話以一種出乎意料的方式，幫助了歐娜一些。她們相約週一早上在咖啡店碰面，她耐心地聽完蘇菲講述去迪士尼樂園玩的那個週末排隊排得多累、邁阿密的飯店如何如何，然後當蘇菲問起她跟那個約會男如何時，歐娜便坦白地說：「不是很好。我覺得他結婚了。」

蘇菲氣炸了，一口咬定吉爾仍然在婚，那天在購物中心遇到的那個女人就是他太太。她不懂為什麼歐娜居然沒有任何反應。「所以我該做什麼？」歐娜反問。蘇菲說：「妳該做什麼——妳這樣問是什麼意思？報警啊，或至少把事情寫在Facebook。」歐娜問為什麼要報警，蘇菲回答：「因為那就算是強暴了啊，還不夠明顯嗎？他騙誘妳……妳很清楚他為什麼這麼做。而且這跟妳同不同意無關，因為妳根本不曉得他到底是誰，這跟他說自己是開飛機的或億萬富翁一樣，都是同個道理。」

但歐娜不確定自己是否這麼想，或者不確定蘇菲了不了解她和吉爾的關係。確切來說，她覺得真正的問題不在這點——而且這顯然不是她之所以這麼害怕的原因。她並不覺得被強暴了。就像蘇菲說的，他是個滿嘴謊言的渣男，這點毋庸置疑，但他並未強迫她接受；那天如果不是她主動要求，他們可能根本不會上床，在那之前他們就只是去吃晚餐和看電影而已。他到底希望從她身上得到什麼呢？他沒給過她壓力，也沒獻殷勤；透過網站主動聯絡的人是她，如果她人間蒸發，他也不會打電話來。所以演這麼一大齣是為了什麼？那些謊言——他真的騙過她嗎？他編造的那些故事，說女兒們在他家過夜還有他的離婚協議？她感覺自己的恐懼來自其他地方，或許跟她和羅能之間的事情有關。那是之前一直被壓抑著的遲來的懼怕，害怕她永遠也克服不了曾經發生的問題，永遠無法和另一個人建立關係。害怕孤獨。她沒辦法拿吉爾的事去報警，因為她覺得羅能做的事比吉爾更惡劣。羅能還同時背叛了伊藍，欺騙他又拋棄他。羅能總說海外旅行團的工作不會讓他們一家人變得疏離，反而能讓他們的關係更緊密，因為她和伊藍會時常想著他，難道這不算謊言嗎？他拖了好幾個星期，甚至好幾個月才坦承露絲的事，不是嗎？羅能跟吉爾不同，光是他們有個孩子這一點，他就有責任告訴她實情。

她告訴蘇菲，她不會對吉爾提出告訴。蘇菲說：「我真的不懂欸，妳怎麼能就這樣放過他？這絕對不是他第一次這麼做，大概也不會是最後一次。」歐娜回答：「因為我就不是那樣的人。拜託，妳都認識我多久了？」

蘇菲說：「那我希望妳的個性能改一改。」歐娜覺得這話暗示著如果自己不是這樣的性格，羅能當初也不會離開，不過蘇菲應該沒有這個意思。

她確實沒有報警，反而在九月初寄了一封簡訊給吉爾：

你沒打算道歉嗎？或是解釋一下？

她知道吉爾讀了訊息，但就是沒回覆。

7

轉眼來到九月中，每個人都從夏日旅行中歸來，開始策畫十月住棚節要去哪。伊藍的新學年開始得有些顛簸，有幾個早上他甚至不願下床。四、五年級課程間的銜接並不容易，無論是在課堂上或回家後，他都必須更專心、更努力，老師們似乎也更沒耐性。歐娜見過伊藍的新老師，對方為了讓歐娜安心，不斷保證許多學生剛升上五年級時都會適應不良，不過老師們都會密切留意，請她無須操心。這麼說或許有些偏頗，不過歐娜覺得老師這番話似乎隱然在批評她帶孩子的方式，甚至暗示歐娜應該帶伊藍去看心理醫生。

諮商師也察覺伊藍正面對某種困境，認為可能是他對之前家庭危機遲來的反應，並建議將療程增加到每週兩次。歐娜沒辦法要求母親付這筆錢。諮商師沒有問到吉爾，歐娜也沒提。母親曾問過她之前約會的律師怎麼樣了，歐娜只是打發地說：「沒什麼結果。」

吉爾的個人簡介還掛在約會網站上，沒有任何改變。「四十二歲，離過一次婚。」她鮮少登入網站，覺得那個念頭已經過去了，也自知不會再跟網站上的任何人聯絡。她關掉了自己的個人頁面。

蘇菲建議她申請Facebook帳號，畢竟朋友圈都公開在上面，資訊比較透明，也比較難說謊。不過歐娜很抗拒這件事：很多老師不喜歡用Facebook，這等於向學生和家長開了一扇不情願的大門；此外，歐娜也不希望愛情生活被攤在眾目睽睽之下。但有時她還是會登入那個交往網站，去看吉爾的簡介，幾乎只是純粹好奇，想知道他改了什麼沒有。有次她甚至考慮創一個新的帳號，用假名和照片聯絡他，看看他會有什麼反應——他會聊同樣的東西，把快六個月前跟她講過的那些故事重複一次嗎？但他應該會認得她說話的方式，而且這麼做真的沒什麼意義，就跟跑到他公寓外面跟監一樣無用；她真的曾經想過這麼做（雖然根本不記得地址，不過她覺得應該找得到那棟樓在哪）。

她還記得，雖然她就去過那麼一次，但可以感覺到不太對勁，然而說不出是什麼。那次她察覺的到底是什麼？公寓不是他的嗎？還是根本沒人住在那裡？公寓大門上沒有名字，只有門牌號碼，冰箱裡也沒有食物。那時吉爾為此感到不好意思，說他幾乎都是外食，但明明他就說過女兒們偶爾會過來吃晚餐。浴室洗手檯旁的肥皂又黑又乾，彷彿好幾個星期沒人用過，但吉爾這人明明很常洗手。她還注意到其他事：比方說，完全沒看到他之前提過的自行車，沒在公寓裡，也沒停在外面。

歐娜維持了好幾天的平心靜氣，不過一回想在他公寓過夜那晚，心裡的火又升了上來，然而這次伴隨怒意的不是恐懼，而是想要探求真相的好奇。她傳了簡訊給吉爾：

> 有人要我去警局報案，或是把你在外面做的事告訴你老婆，或把你的真面目寫在那個交友網站上，但我都還沒做。你確定不想解釋一下嗎？

她訝異於自己居然能夠用這麼堅定又暗含威脅的語氣說話。

她看到他讀了訊息，並在幾分鐘後收到回覆：

很高興妳沒那麼做，謝謝。可以打給妳嗎？

一瞬間，她再次感到了恐懼。她不想聽到他的聲音，也不想讓他聽到她的聲音。那時接近晚上十一點，她隔天很早要上課，後悔傳了這封簡訊。她說希望他不要打來。他則說自己很想解釋，但她關掉了網站上的個人頁面，沒辦法在聊天室裡傳訊息給她。她由此推斷他曾試圖在網站上找她，並非對分手後她的感受無動於衷。

「那就在這裡解釋。」她寫道。他答應了，又加上一句：「但需要一點時間。」

她先後收拾了廚房和客廳，洗澡時把手機放在洗手檯上，用毛巾蓋著以防高溫和水氣。她帶著書爬上床，跟他們去耶路撒冷那個週末讀的是同一本，此時吉爾傳來三封長長的簡訊，大概是想講的話超出了每封簡訊的長度上限。

他首先道歉，說對先前的事感到很愧疚——他用的詞是「吞噬了我的心」——他說他知道歐娜不會原諒他，所以在迪岑戈夫中心意外相遇後就沒試圖多做解釋。

他和他太太並未真的離婚，只是分居，但當他在交友網站上認識歐娜時，夫妻兩人已經說得很清楚，彼此都可以和其他人交往，且他們終究會離婚。他沒把這些事寫在個人簡介也沒告訴歐娜，是他知道少有女人願意和還沒離成婚的男人約會。

他和歐娜開始碰面約會後幾個星期，他父親的健康狀況惡化，沒多久就去世了，吉爾頓時陷入困境。他搬回去和太太女兒一起住，並同意給這場婚姻另一次機會，雖然他知道這並非他真正想要的東西。還有，他會這麼做也是感覺到歐娜一直無法確定他們之間的關係，覺得歐娜遲早會跟他分手。當然，他應該坦承真相，但對此既羞愧又害怕，而且非常不想放棄歐娜。他自知傷害了她，並為此再次道歉，即使她把事情告訴他太太或用其他方式散布出去，他也都能理解。他甚至比較希望她這麼做，因為這麼一來，他就不必再活在謊言之中，能真正地結束這場婚姻。

最後，他說很想她，希望未來她能遇到一個值得她的男人，值得她完全坦白，讓對方完全參與她的生活，他嫉妒那樣的人。他自知不是那個人，不只是因為他的所作所為，也因為從和歐娜碰面那天起，他就知道他不是她會選擇一起生活的人，即使他那時已經離婚了也一樣。

那天晚上，歐娜躺在床上讀了簡訊兩次，隔天早上在伊藍起床前又讀了一次。她自覺無法相信他說的任何一句話，他還有很多行為在這些簡訊裡都沒有解釋。不過，即便如此，他的話仍在某種程度上收合了一部分的傷口，大部分是因為她知道她對這整件事的反應並沒有錯。

那天早上她邊喝咖啡邊著手寫要回覆的訊息，但感覺怎麼寫都不對，於是好幾天都沒送出。當她終於傳出簡訊時，整件事已經完全變調，很多事都變了。

8

羅能在猶太曆新年前一週打來了Skype電話。那時剛過七點，她和伊藍正在吃晚餐。她看見來電者，便把伊藍叫到電腦前，要他自己接電話。

他們只聊了幾分鐘，同時間的歐娜在廚房裡焦慮等候。她幾乎聽不到伊藍的聲音；每次他和羅能說話，總是輕聲細語。他進到廚房，說爸爸要和她講話。她很難直視羅能在螢幕上的臉。他說「嗨，歐娜」，然後露出微笑，讓她覺得他一定事先練習過這場對話。他問能不能等伊藍睡了之後私下聊聊，她說可以，而他道謝。「那我大約兩小時後打給妳？」

當她回到餐桌上，伊藍宣布：「爸爸說他住棚節會回來，他有跟妳說嗎？」

羅能在十點整再次打來，時間抓得精準，她感覺得出來他有話要說，而且是她不會想聽的事。一開始她分辨不出螢幕上看到的房間是辦公室還是家裡，羅能身後有一道完全沒被遮蔽的白牆，螢幕右上角有個圓形紙燈罩。他們講到一半，有個大約七、八歲的金髮小女孩走進房裡，只穿綠色短褲，沒穿上衣，神情好奇地直視歐娜，以聽不見的音量問了羅能問題。羅能用英文回答她：「跟湯瑪斯說我十分鐘後過去，好嗎？」女孩用淡藍色的大眼睛又看向歐娜一會兒，才走出畫面。

他們將在約半個月後來訪，贖罪日前一天。「他們」表示他們所有人：羅能、露絲和她的四個孩子，其中一個就是那個沒穿衣服的金髮小女孩，尤莉亞。他們在羅能父母所在的合作農業社區租了房子，會待上將近一個月。羅能說他知道這對大家都不容易，不過對他、露絲還有孩子們來說，這次回來主要是為了和伊藍相處，讓他們有機會認識他，見他父母或其他親戚只是順便。他不曉得該怎樣做比較恰當，所以想先和她談談。至少起初一、兩次他們三個應該一起碰面，這點倒是很清楚，不過他希望之後伊藍能和他、露絲還有孩子們在合作社區住幾天，甚至整個住棚節期間都住在那裡，那段時間剛好學校也放假。這也是為什麼他們選在至聖節期間回來，為的都是伊藍。

羅能就是這樣的人，她也這麼告訴他。說得好聽是為了來看伊藍，但他在訂機票前完全沒問過他們這段期間是否有空。如果他們計畫在住棚節那週出門呢？都沒想過先問一下嗎？

羅能開始顯得防備。「但你們沒有要出去，不是嗎？」他問。

歐娜說那不是重點，重點是有很多事情必須先想清楚，伊藍也得為此準備，他們不能突然之間就把消息丟給他。「我的意思是，你根本不知道現在他生活中發生什麼事。」她補了一句。

羅能等了一會兒，讓她情緒稍微緩和。他永遠無法忍受這種「激動」的情緒。在他家，每個人都很冷靜，永遠不會有爭吵。然後他輕聲說道：「歐娜，我知道我過去幾個月來表現得很糟，讓妳必須承擔所有事情，但我想重新建立和伊藍的關係，這對他和我都很重要。妳冷靜下來想想，然後我們要過去之前再談，好嗎？我沒跟伊藍說住棚節的計畫，如果妳覺得這樣不好，我可以每天到何崙去看他，好嗎？」

恐懼扼住她的咽喉，就跟遇見吉爾和他太太那天一樣猛烈。連憤怒也是同樣的憤怒，令她懷疑自己當時其實氣的是羅能，不是吉爾。或許真正令她焦慮的不是吉爾和謊言，而是他們悽慘的交往關係恰好代表了她的命運和人生。她那天很晚才入睡，作了夢但記不得內容，只知道有那個金髮小女孩，而且是完全赤身裸體。她很需要盡快和伊藍的諮商師談談，卻沒有在隔天一早就打電話過去，因為她很清楚他會說什麼。相反地，她把羅能即將來訪這件事藏在內心，感受它從裡面開始吞噬自己，彷彿強酸腐蝕皮膚，直到伊藍每週的諮商時間逐步逼近，而她再也沒得選擇。她知道諮商師會對此表示意見。

事實證明，她是對的。

諮商師說，無論他們要做任何事，都得放慢節奏「一步一步來」。當然，他會跟伊藍討論爸爸要來訪，聽聽伊藍有什麼感覺，不過整體來說，他認為這是「非常正向的進展」。他說，羅能想要再次與伊藍生活，也願意實際為此努力，並在以色列待上一段時間，表示他想告訴伊藍，他的新生活或新家庭都留有伊藍的一席之地，這正是他們諮商的目標之一，不正也是歐娜希望看到的進展嗎？

歐娜發現自己對那間諮商室極其反感。拼木地板、色彩繽紛的地毯、牆上的畫、小木櫃上的書。書櫃對面就是她坐的沙發，上頭堆滿繡了紅藍花紋的抱枕。空調從沒停過，從四月到十月，彷彿電不用錢。這諮商室裡的一切，他說的那些冠冕堂皇，離她生活的艱苦有夠遠。她不禁發火：「我還真的不曉得原來自己想要的是這種進展。也許你很想，但我肯定不希望是用現在這種方式。你到底懂不懂他想幹麼？」

他——羅能——想要伊藍融入他的「新家庭」，但那裡沒有她的位置。他想要伊藍到合作社區，和他們一起在租來的房子住上幾天，把她排除在外。他想要伊藍和露絲的孩子們一起生活作息，可能還睡在同個房間，一起被露絲叫醒、一起吃她做的早餐，一起出門一起脫掉上衣裸著膀子玩。這段時間歐娜在哪裡呢？獨自待在家？

諮商師說：「但是歐娜，從你們決定離婚那刻起，就注定會發生這個狀況了，不是嗎？這是已經決定的事實。伊藍會有兩個家庭——一個和妳在一起，另一個是和他爸爸在其他地方，這是無法避免的。」

但她就是想避，她必須避，她不想要伊藍有除了她以外的家。這小小的要求有這麼難懂？自從羅能打來，她就一直夢到伊藍問她能不能和他的新家庭一起生活。她夢到伊藍從合作社區回來後，央求要和露絲、羅能還有其他孩子一起搬到尼泊爾，然後他便和螢幕上的那個金髮小女孩手牽著手一起離開，歐娜再也沒有看過他。

諮商師試圖安撫，但只是徒勞。當他說「他絕對不會拋下妳」，她聽到的卻是「絕對不會連他也拋下妳」。但怎麼不會呢？畢竟羅能當初就是這樣對她。諮商對談結束時，諮商師對她說：「過去一年裡，羅能對伊藍來說是個糟糕的父親，非常糟糕。不過妳曾經坐在這裡跟我提過非常多次，之前的八年裡他都非常疼愛孩子。現在他試著重新作一個好爸爸，如果能夠成功，對伊藍來說會很好，妳同意嗎？父母也需要面對自己的困境，現在羅能很有可能已經跨過了他的困境，那麼看在伊藍分上，妳得給他一次彌補的機會。歐娜，我們都會很謹慎，不會做出任何可能傷害伊藍的事。還有，別忘了，妳不是獨自面對，我也在這裡陪著妳。」

但她確實獨自面對。完完全全地孤單一人。每天早上，她得一個人照顧伊藍。她總是晚睡，清晨又匆匆驚醒，才剛起床就感覺疲累，每個早晨都像是不可能的任務。每當她隔著毯子撫摸他單薄的背，在他耳邊輕聲說「早啊，小藍藍」時，她都覺得這可能是自己最後一段能這麼做的日子。

伊藍很興奮，倒數著日子的分分秒秒，她能察覺這股興奮的情緒讓他顯得積極。他迅速起床，換衣服、整理一切，彷彿他們不是要去學校，而是馬上就要去機場接羅能的班機落地。他寫功課不再每隔幾秒就坐不住，認真投入的態度彷彿羅能正盯著他寫作業。她送的筆記本成了籌備計畫冊，他每晚寫下距離爸爸回來還有幾天幾小時。她現在每天下午都陪著他，彷彿這是兩人最後的相處時光，把隔天上課的備課工作留到晚上他睡覺後才進行。但即使如此，她還是沒辦法專心，不斷想到羅能、露絲和她的孩子們進到她的家中玩著伊藍的玩具。相比之下這已經算是能夠忍受的畫面了，之前她還會幻想他們所有人在合作社區的場景，在屋外玩水管、把吊床當鞦韆盪、坐在草地上吃晚餐，羅能在一旁替他們彈吉他伴奏。她有什麼資格反對這些？伊藍不在的時候，她又該如何才能不被嫉妒和焦慮逼瘋？

一天晚上，她和蘇菲傳訊時瞄到了吉爾最後一封訊息，她還沒回的那封，頓時覺得可以回答了。她寫道：

吉爾，這些荒謬的解釋很沒說服力。如果我是別人的話，早就把事情告訴你太太了，或許我還是會那麼做。希望你的婚姻破裂就像你想要的那樣，這樣你也不必再對自己還有其他人說謊。

9

他們再次見面是在早上。

吉爾說上班時和她碰面對他來說有點不便，但是歐娜不想放棄晚上和伊藍相處的時光，也不想告訴任何人她又要和吉爾見面；如果晚上要出門，她就得找來保母或母親，到時又要回答一堆問題。所以他們約在星期一早上十點半，贖罪日前兩天，那天她不用上課。

吉爾在旅館大廳等，而她遲到將近二十分鐘，也沒有傳訊息告知。他說自己沒訂房間，因為不確定她意願如何，她對此回答「那我們去問看看還有沒有房間吧」。於是他走向櫃檯，和接待人員低聲交談。他們搭乘窄小的電梯升到三樓，不發一語，一進房間他就進到浴室。她坐在桌邊的木椅上等。他看起來頗為尷尬，不確定該說什麼，最後終於問道：「所以，妳好嗎？」

她並不打算告訴他羅能要回來。她想起自己在羅能之前曾短暫交往過的一個對象，是個比她大上快十五歲的男人。那時她還是學生，二十二歲，有空時會兼職空服員；那個男人名叫伊戈爾，是航空公司服務部的資深經理，單身，多毛的身體和口臭令她作噁。

吉爾說：「妳想解釋為什麼要約在這裡嗎？是因為妳決定再給我一次機會，還是別的原因？」歐娜回答：「到底是什麼東西的機會？我決定讓你繼續騙你老婆，暫時是這樣。」

他們上了床，彼此都沒裝出想要這麼做或理解為什麼要這麼做的樣子。他硬不太起來，差點無法進入她，並且很快就射了；不在她裡面，而依照她的要求射在床上。這次他沒去洗澡，也許是害怕把手機和歐娜單獨留在房間裡。他的手機放在床邊桌上，如她記憶中壓在棕色錢包下方。他先起身著裝，然後說：「我不確定妳到底想從我這裡得到什麼，歐娜，但我很高興能再見到妳。」她回以一道問句：「所以你今天要怎麼跟你老婆說？」

他沉默不語。

她問：「你還沒離婚，對吧？」吉爾回答：「還沒，但遲早會的。」歐娜笑了起來，然後說：「希望不是因為我。」這一切在在讓她想起和伊戈爾碰面時的情景，讓她想起他們在一起時，她身體裡外所感覺到的那種噁心。她自認拋在腦後的那些事又都回來了，彷彿從來沒改變過。

她對吉爾說：「我得問你一件事。那次我們去的那間公寓，你一直邀我去的那間——其實房子不是你的，對不對？」吉爾說真的是他的。他和露思分居時租了那間房子，雖然後來搬回家，但還是決定留著，因為他知道那次和解終究不會長久。

她覺得他一定在說謊，而且會不斷說謊下去，因為除此之外他什麼也不能做。不過現在占上風的是她，權力在她手上；或許，當她因為羅能即將回國而感到脆弱時，將她推向吉爾的正是權力。一想到自己可以藉此勒索吉爾，她便覺得有趣。她可以要求他交出一筆其實沒那麼不合理的錢（是他顯然拿得出來的數字），以此交換她不把事情告訴他的太太和女兒。如果她只要求五千塊，而不是五萬，他大概會考慮付錢了事；除非他真的想讓婚姻破裂，否則這個數字還不值得冒險。她還有個更好的主意：她可以逼吉爾在羅能來的時候假裝成她男友。她可以逼他到她家裡一起迎接羅能，等到要去合作社區接伊藍時，再要求他開著那輛紅色Kia休旅車載她過去。

從旅館回家的路上，她才注意到一個奇怪的巧合——吉爾的老婆叫露思，就跟羅能那個德國太太的名字一樣。第一個露絲，德國那個，她在尼泊爾認識羅能而摧毀了歐娜的家庭。她愛上他，從歐娜身邊搶走了他，共組新家。歐娜應該很快就會見到她了，之前她只看過照片，並兩次透過Skype看過她快步從羅能身後走過。不過對第二個露恩，吉爾的露恩來說，歐娜才是那個「摧毀者」。但兩者情況還是不太一樣，怎麼說吉爾和露恩的婚姻早就結束了，而且歐娜也沒有打算和吉爾共組新家庭。

那天在旅館碰面之後，他打了通電話給她，她沒接。隔天他又打了一次。「我很高興昨天能夠見到妳，歐娜，即使我知道妳還在生我的氣。」而她回覆的語氣，連她都訝異自己竟然有這麼一面。她說：「吉爾，我們都不必再裝了，就是在一起就好了，厭煩了就停下來。你不必刻意打給我，知道嗎？也不用對我好。你跟我都已經過了那種追求的階段。」

羅能來的那天，贖罪日儀式一結束，伊藍就守在窗邊等他。

他到的時候已經很晚了，將近晚上十點，不過他們兩人都不想延期。羅能開著他爸的皮卡車，伊藍一看他下車便衝去打開公寓門鎖，但仍等在外頭的門廊上，沒有跑下樓梯。樓梯間的燈光逐漸亮起，歐娜從書桌起身，離開本來守著的兩本課本和電腦，尷尬地站至伊藍身後。

羅能抱起伊藍，將他甩向空中。他刻意和歐娜保持著禮貌的距離，兩人沒有擁抱或親吻，當然也沒有握手。他們隔著一段距離對立，她雙手插在口袋，他則握著伊藍的小手，彷彿他們剛從長途旅行中一起歸來。他說：「很高興看到妳，歐娜，妳氣色不錯。」而她說：「謝謝。」他看起來比她記憶中老，本來的黑髮變得銀白了一點，也似乎突然矮了一點——也許是他本來就比她矮五、六公分左右，也比吉爾矮了至少十公分。

伊藍沒放開羅能的手，拉著他把公寓介紹了一圈，讓他看哪些地方變了；但其實除了一些只有伊藍才注意到的小細節之外，屋內大部分東西都沒動。這間公寓是羅能和歐娜十二年前一起買的，現在他卻在裡頭四處遊走，彷彿第一次來到這地方——這個家已經不再為他所有，因為她在母親的資助下買走了他那份。

公寓裡的一切都曾是他的，但現在不是了。

十多年來，他每天早上都會坐在廚房裡那張藍色的富美家餐桌上喝咖啡，晚上就坐在客廳的綠色沙發上。從未翻修的浴室裡掛了一面老鏡子，他每天會在鏡子前刷牙兩次。她也曾屬於他，但現在不是了。只有伊藍還是他的，跟從前一樣，這點倒是很清楚。伊藍是羅能想從這個舊家帶往新家庭、新生活的唯一事物。

歐娜問羅能要不要喝咖啡，他說：「不用，謝謝。我現在不喝咖啡了，熱水就好。」她從新的過濾系統裡裝了一杯滾水給他，用的是新的馬克杯，不是他以前常用的杯子，這樣他才不會覺得她刻意挑起他的懷舊情懷。她把水拿到伊藍的房間，看到他們倆並肩坐在床上，伊藍正給他看生日時外婆送的空拍機以及幾輛同學給的模型車。她把裝了熱水的馬克杯放在羅能腳邊地板上後便離開，一方面是想讓他們獨處，另一方面是她感到痛苦。他們待在伊藍房間的那段時間，她完全不曉得該拿自己怎麼辦。

蘇菲傳了封訊息過來：「他到了嗎？」

她回答到了。

「撐得住嗎？要不要我過去？」

「現在還可以，晚點看情況如何再跟妳說。」

他們離開房間時仍是手牽著手，羅能提議讓伊藍去睡覺，不過伊藍說他還不累。羅能說：「那你能不能到房間裡去等我？我要跟馬麻說話。」他們在客廳的沙發上坐下，面對著電腦，而不是像以前要認真談話時習慣的那樣坐在餐桌旁；當初他第一次告訴她露絲的事時，就坐在餐桌。

「歐娜，上次帶團出國的時候我發生了一件事。我不知道該怎麼向妳解釋。我從來不覺得有可能發生這種事，但確實發生了。」當時他那麼說。

而他現在則說：「謝謝妳同意我在這麼晚的時間過來，也要謝謝妳讓我和伊藍能夠有機會相處。我真的很感謝，歐娜，我知道妳為此付出很多。過去幾個月我都在處理自己人生中很重大的危機，所以才消失這麼久。我不確定自己這樣做對不對，是不是應該繼續待在本來的地方就好。我覺得也許還有機會可以回來，但並不想把妳逼上絕路，無論是妳還是伊藍，也許最後我們能解決所有問題，讓每個人都滿意。我對現在的自己很滿意，我想要再次參與藍藍的生活，盡可能成為他生活的一部分。」

她保持冷靜。該叫的都叫過了，所有的詛咒都已出口，眼淚都已流乾。那些都已經過去。而且伊藍正站在他臥室的門後聽著。

合作社區距離這裡要兩個多小時的車程，她以為羅能應該會問能不能留下來過夜，不過他說：「如果妳方便的話，明天我也想過來，可能是下午。如果妳願意，我希望之後能帶露絲還有孩子們一起來，讓藍藍認識他們。如果情況順利，我希望學校放假時，他可以到合作社區和我們住一陣子，就像我們之前談過的。妳覺得如何？孩子們真的很想見他，我覺得他們會對他很好。」

她說：「我們走一步算一步，先看明天狀況怎樣，可以嗎？你應該還沒告訴他合作社區的事吧？」羅能搖搖頭：「當然還沒。」

他們沉默對坐了一會兒。歐娜盯著羅能盤起後壓在身下的腿，而他則尋求著她的視線。此時伊藍的聲音從他們身後傳來：「馬麻、把拔，我可以過去嗎？」

10

露絲身材又高又寬，蒼白的腿肌肉結實，手粗腳粗。金髮。不是很漂亮，但有種無法忽視的存在感。儘管以色列的母親通常長得不像這樣，仍讓歐娜覺得有種彷彿鄉下農夫、世俗的、接近母性的質地。此時露絲懷有身孕，肚子碩大突出。歐娜可以想見為什麼羅能會受她吸引，但反倒不懂他有哪裡吸引到她，儘管他比她要小上幾歲，有著年輕的優勢。在某個短暫的瞬間，歐娜不禁想像起露絲在尼泊爾的家中裸體穿梭在房間裡。相較於其他客人，伊藍反而對她沒有太多興趣。她走在最後，在羅能和四個孩子之後才進來。其中兩個孩子其實已經算是年輕的小大人，大約十四和十六歲，庫爾特和湯瑪斯。還有個小男孩，彼得，不到四歲，緊緊黏著露絲。然後就是歐娜在Skype看過的那個女孩，尤莉亞，現在看她似乎年紀大了一點，可能跟伊藍同年。尤莉亞是個充滿好奇心與活力的小女孩，看起來沒其他人那麼害羞。伊藍的視線跟著她，看她衝進客廳東張西望，彷彿在找某個她熟悉的東西。

雖然歐娜的天性友善好客，但這兩個女人碰面時沒有任何禮貌閒談，她也沒問露絲要不要坐下或是喝點什麼。羅能也沒問，因為這已經不是他的家了，於是露絲便站在客廳的角落，膝蓋邊還緊緊黏著小彼得。露絲其實並不想來，這點倒是顯而易見。比較大的男孩們似乎也是一樣。羅能把露絲介紹給伊藍時，她露出微笑伸出手，用英文說：「嗨，伊藍，很高興認識你。」但她並未進一步吸引他注意或聊天，當然也沒有刻意討他高興。她只是看著，用眼神跟著伊藍在客廳裡的身影，彷彿知道現在還不是和他交朋友的時候，但已在計畫著等待那天到來，等到時機成熟。羅能把伊藍和尤莉亞帶到伊藍的房間，讓伊藍向她介紹自己的玩具，然後把露絲也叫進去和他們一起。露絲帶著小彼得一起進了房間，也許她和伊藍說了話，或是和他玩了一下，總之歐娜看不見。

雖然已經為這次會面做了準備，歐娜還是不曉得該怎麼撐過去。搞不好一開始就讓他們帶伊藍出門還會好一點。他們看起來既尷尬又小心翼翼，顯然明白這次碰面對她有多重要，除了尤莉亞外的所有人都不敢隨意走動。但即使如此，他們畢竟是五個人，算上羅能的話六個，彼此都以德語小聲交談，單是這些人出現在家裡對她來說就是一種侵略和暴力——嚴重的程度比她預想最嚇人的情景還要可怕。他們擠滿這個地方，占據所有空間，把這個家變成他們的，令歐娜想要就此消失。但她無處可躲。她不想撤退回臥室，把自己關在裡面，那樣太明顯，而且丟臉；伊藍的房間已經被占領，於是她在客廳叫著伊藍的名字，想在不靠近他房間的狀況下把他喚來。叫了幾次後他才終於出現，她對他說：我現在要出門買東西，大約要半個小時，這段時間你就和把拔待在這裡——她幾乎要脫口而出：「和把拔還有他的新家人在一起。」伊藍點頭，似乎漠不關心她要離開，好像完全不懂為什麼這種事還要告訴他。她告知羅能自己要出門一下（他問她還好嗎），便出門走到街上，但其實無事可做。她走了一會兒，找了張長椅坐下。

此時就算是她母親也能提供一點撫慰，但母親正在斯洛維尼亞和克羅埃西亞旅行。就像許多年屆七十的人，母親拒絕辦什麼手機的漫遊套餐，並在行前就告訴歐娜，只有晚上才找得到她——假如飯店有免費網路的話。歐娜也曾向母親暗示，當羅能和他的家人把伊藍帶到合作社區之後，她可能會不曉得怎麼過日子，那時旅行團的團費已付且無法取消；就算可以取消大概也不會有什麼用，可能還適得其反。

歐娜打開手機，又關上。遠處一群看起來像她學生的女孩們吵鬧尖叫著沿街走來，隱入某棟建築物中。她想像起庫爾特和湯瑪斯打開冰箱找東西吃的畫面，但其實心裡清楚不會發生這種事。他們太有禮貌了，就算想，露絲也不會允許。幾分鐘後羅能打來，說對她離開家裡很過意不去，然後問他們能不能帶伊藍到特拉維夫城裡晃晃，順便吃晚餐。她叫羅能把電話給伊藍，問他想不想去。伊藍說想，不過希望她一起去。她說她沒辦法，這樣他還想去嗎？伊藍想了一下，然後說想。羅能問她有沒有帶鑰匙，他該不該鎖門，並保證他們會在五分鐘內離開。她問他們要怎麼去，他說他開了麵包車來，坐得下所有人，如果她答應的話，他們會在九點、十點，或者任何她希望的時間帶伊藍回家。

她回去時他們已經離開，雖然沒有留下太多痕跡，她仍覺得他們還在。喝剩的水杯放在水槽裡，客廳沙發上放著伊藍的紅色橡膠球，牆壁四處留有德語的回音，包夾著她，不留任何移動空間或可以呼吸的空氣。她想要打給羅能，問伊藍在車上和誰坐在一起。他們大概會把他放在那個漂亮女孩跟露絲中間。她有幾個小時要消磨，於是她打給吉爾，要他過來。「妳確定？伊藍不在嗎？」他說。她回答：「現在過來。他會在外面待到九點，九點就會回來。」

吉爾說幾分鐘後會回電告訴她能不能去，但當他再打來時，就說不過來了。

*

一直到隔天在諮商師的辦公室裡，歐娜才爆哭出來。諮商師想在羅能帶伊藍到合作社區之前，和她還有羅能一起見個面，他把歐娜和羅能的行為向羅能說了一遍，令歐娜有些訝異。這是她第一次覺得諮商師站在自己這邊，原來他不僅了解伊藍正在經歷的一切，也了解她的。諮商剛開始的十分鐘，他把羅能斥責了一頓：因為羅能，伊藍這一年來過得非常艱苦，不只是因為他必須經歷分離，也因為羅能從他生命中消失了。他說羅能必須理解一點，你也許可以脫離配偶的婚姻關係，但不能脫離自己的孩子。在這一年之間，他深深懷疑羅能之前到底盡了多少為人父母的責任。「幸運的是，伊藍有像歐娜這樣的母親，即使必須面對傷痛和個人生活中的難題，她還是想辦法同時處理了伊藍所面對的難題；她大可以把孩子拉進自己的戰局中，去對抗離異的伴侶——我看過很多父母無法抗拒這種誘惑——但她把伊藍照顧得很好，給他信心，讓他相信父親總有一天會回到自己身邊。我所認識的大部分母親其實都不會這麼做，我希望你要了解這一點。」

羅能看著她。他說他完全明白，沒有人比他更清楚歐娜對伊藍來說是怎樣的母親。

此時，歐娜的心情就跟當初聽到他提到露絲並要求離婚時一樣，她整個星期都充滿想要痛毆羅能的衝動。她想要抓住他的脖子，指甲插進他的肉裡，用力掐緊。但是相反地，她所展現出來的外表卻是再也忍耐不住的淚水，便起身離開房間。

當她回來時，他們正在討論伊藍到合作社區短住的事。羅能形容了他們租的那棟房子，就在他父母和哥哥家附近。他說伊藍會和露絲兩個比較小的孩子睡在同個房間，也就是尤莉亞和彼得；但如果伊藍想要，他可以睡在隔壁爺爺奶奶家。他曾經在那裡的某個房間住過好幾次，如果他選擇這樣，羅能也會陪他一起睡在那裡。除了花時間和伊藍相處之外，他們其實沒有太多規畫。也許會找一天去馬沙達和死海，還有耶路撒冷，不過這些地方也可以等到住棚節過後，伊藍回到歐娜家後再去。

伊藍的諮商師看向歐娜：「妳可以接受這樣的安排嗎？」

她說：「我們已經談過這件事了，所以我們現在才會在這裡，不是嗎？你贊成這些安排，也覺得伊藍會想去，那就這樣吧。不要問我能不能接受了，我不想回答這個問題。」

諮商師本來應該要在隔天和伊藍碰面，問他對連假有什麼計畫，兩人再做出最後決定。但是，彷彿此時就已經決定好似地，他在這次諮商結束前給了羅能電話號碼，如果有任何疑問或困難可以隨時打給他。諮商師說：「重要的是，我們三個都要清楚告訴伊藍，這趟行程並不代表他要搬家或換到另一個家庭，只是花幾天和爸爸相處，認識爸爸的新家人。從現在起，他們也會是他新的家人，雖然他並不會常常看到他們。」他看向羅能，然後補充道：「希望你了解自己接下來要面對的難題，這並不容易。伊藍是個非常敏感的孩子，即使他很愛你，也很溫柔，但還是會以他自己的方式去測試你。尤其是現在這種時候。你將不再只屬於他，你還會是另外四個孩子的父親，這是他第一次面對這種情況。」

他們走到門邊時，諮商師請歐娜留下，羅能便說他到外頭等。

「妳確定妳能接受這樣的安排？」他問。

歐娜幾乎要再次落淚。「我不知道。只能邊做邊學了，不是嗎？」

他把手放在她肩上，這是從伊藍到這裡諮商之後的第一次，然後他走近了些。他問她，在伊藍離開的這段時間，她是不是打算就待在家裡，她說還沒認真想過，但應該是吧。他暗示她也許可以去度個假，暫時離開這一切，別想太多。那一瞬間，歐娜還以為他要提議他們兩個一起出去，不過他沒有。他放開她的肩膀並退開，然後說：「還有，妳要不要也試試看諮商？事情發生之後，妳其實沒有真的諮商過，對吧？我認識很好的諮商師。」

「之後吧，先撐過這次再說。」她說

「當然撐得過去，歐娜，一切都會沒事的。」

11

每天晚上，當歐娜的母親回到旅館連上網路後，就會從斯洛維尼亞和克羅埃西亞傳來照片：停有帆船的湖面、翠璨的山巒、如畫小鎮的熙攘廣場、格紋桌布上以花飾美盤盛裝著的地方饌食特寫。照片中的房舍有紅有藍有黃，彷彿童話仙境。

自從羅能和露絲來了之後，歐娜就有種家裡被闖了空門的感覺，住在裡面連行為都變得不太一樣。這個家也變得比較不像家了一點。或許是這樣，所以在羅能和他的新家人帶伊藍去看米蘭馬戲團那天晚上，歐娜才會要求吉爾過來；另外一次則是在某天深夜，當伊藍在房間睡著之後。她關起他的臥室門，警告吉爾不要發出任何聲音。不過實際上，她或許有點希望伊藍會醒來，發現吉爾，然後跑去告訴羅能他看到有男人在馬麻房間。

但這並未發生。

吉爾看起來像是被逼著來似地，沒待多久就離開了。她會拿一些問題來逗他，但他沒有任何回應，例如「你有告訴露思你今天晚上有什麼事嗎」，或者「諾婭和哈達絲最近好嗎？她們今天沒去你那邊吃晚餐嗎」。

她不確定吉爾默從她的邀請，是出自於恐懼還是憐憫。他的不安顯而易見，也變得沉默寡言，她幾度為他感到抱歉。他們在臥室裡做愛（這間房間本來屬於她和羅能），就在同張床上，她似乎很需要這麼做。做愛的時候，她彷彿旁觀著自己。她看著自己跨坐在仰躺著的他身上，在他骨盆上幾近暴力地晃動，令她同時感到厭惡和堅決，彷彿正試圖激起某個不在房間裡的人的性慾——或者怒意。她很清楚，吉爾一點也不想在這裡，他比較希望這段關係就此終結，但他擔心如果下手切斷這段關係，她就會把事情告訴他的太太和女兒。或許他也心懷愧疚。現在是她在利用他，雖說他也曾對她做過同樣的事，但她仍對自己這樣的行為感到不舒服，也知道這樣的情況無法長久。做完愛，她要他別洗澡，浴室和伊藍的房間只隔一面牆，水聲會吵醒他。她知道這種要求會令吉爾抓狂。他第二次來家裡時，她覺得他似乎對環境多了點興趣。他到處看，仔細盯著冰箱上的照片和客廳的南美手工藝品，透過百葉窗往屋外窺視，又在她的書桌前停了一會兒。他的好奇心令她覺得應該讓他有機會接近自己一點。

他找她搭話：「所以妳有想聊聊最近發生了什麼事嗎？妳感覺有點不太對勁。」而她說：「你是指，除了我正在和有婦之夫上床，而且還被騙了六個月這件事之外嗎？」吉爾的臉色垮了下來，她幾乎為自己回話的方式感到後悔，應該給他第二次機會。但事實上，她根本連一次機會都沒給過——到頭來他是對的，她從一開始就沒打算讓他好好參與自己的生活。但她重新冷靜下來，意識到這段關係從一開始就不可能成立，因為打從四月初他們在舞臺廣場第一次約會起，他就不斷說謊。吉爾問她：「妳打算繼續這樣多久？」她說：「這樣是指怎樣？」然後他說：「就是現在這樣，充滿憤怒跟怨恨。妳到底為什麼叫我來這裡？」她看著他，露出微笑：「比較有趣的問題應該是你可以繼續說謊多久吧？假如我那時候沒有發現的話——你說呢，是不是該把我們重新見面的事告訴你老婆了呢？」她其實沒有那個意思。要是有人問她為什麼要這麼說、希望達到什麼目的，她應該也完全答不出來。話說回來，知道他們這段關係的人本來就沒幾個，曉得兩人又重新搭上線的更是完全沒有。她也沒打算告訴母親。蘇菲曾經問她：「那個律師騙子後來都沒跟妳聯絡了嗎？」當時歐娜回答：「對，完全沒有回音。這樣最好。」

她沒有打包自己度假的行李，反而整理了伊藍的。五天份的衣物，大多是夏天穿的，氣象預報會有熱浪，不過還是帶了一件長褲和長袖襯衫，畢竟晚上會冷。秋天已經來了，只是還沒開始下雨。帶了泳褲和蛙鏡，以備他們去死海（非常有可能）或是游泳池（絕對在他們的行程之內）。兩本書（一本《內褲超人瘋狂大冒險》和一本關於飛機歷史的繪本）以及他最寶貝的三輛模型汽車。沒必要帶太多玩具，合作社區的房子那裡會有一大堆。她問伊藍要不要把他那本筆記本也放進去，他先說了不要，隨後又改變心意，也許是察覺了她的失望。她不斷告訴他，她會很想他，又說如果他想要的話，可以把每天做的事情寫下來，等回來時他們可以一起讀那些日記。她說，他不在的這段時間，她也可以寫日記。如果我真的寫了，她在心裡對自己說，那將會是一本「心痛筆記」。

她在近傍晚時帶伊藍去海邊。這個夏天她應該多做點這樣的事。她從行李箱裡翻出他的泳褲，然後開車到特拉維夫北邊的特巴烏胡海灘。有些區域禁止游泳，他們便走在岩石上，帶著一只裝了沙和水的藍色水桶，沿路揀拾貝殼、漂亮的石頭和海蛞蝓放進桶中。他們在岩石底下放了兩個裝有麵粉的玻璃罐，用來抓小魚。等到晚一點，太陽開始落下而海灘人潮都走光時，他們便在灘上鋪開毛巾，走進溫暖的海水中。海的顏色很深，發著磷光，橙橘的地平線開始轉為血紅。一道強流將他們拉往湧向岸邊的碎浪，他們拉著彼此、漂開，然後又漂回在一起。她潛入水中抱住他的腿。當他們離開水裡，冷風吹得兩個人都在發抖，她對伊藍說：「看到沒？只要找對方法，不管那天有多熱，就算在以色列也可以冷到發抖。」她用橘色的毛巾裹住他。他們坐在沙上，津津有味地吃著葡萄、看著海面，飛機從附近的斯德多夫機場升空，從他們頭上轟鳴而過，讓伊藍非常興奮。她感覺自己正好需要這個傍晚，這就是人的一生所能希求的一切。不過，她也感覺得到，內心的恐懼已經愈來愈深，而她之所以給伊藍這個傍晚，就是為了讓他不要忘了她。這是她送給他的寶物，將在他與羅能相處的那幾天裡陪伴著他，說服他不要走入那個新家庭。

隔天早上十一點羅能抵達時，伊藍已經興奮到坐不住，她可以感受他心裡那種未被焦慮所破壞的純粹喜悅。羅能的態度簡潔而務實，他獨自上樓把伊藍的行李箱提到車上，再回到屋裡，問伊藍有沒有記得帶牙刷。他和歐娜一句話也沒說。前幾天，他們就已經把「妳確定會沒事吧」那種對話都說完了。他在客廳等著，等她和伊藍在房間裡說再見。她不斷提醒伊藍，想要的話隨時都能打給她；如果他不喜歡那裡，她會開車去接；如果他跟那些孩子處不來，不管因為他們是德國人或者其他原因，他還可以去找爸爸，爺爺奶奶也就住在附近；她愛他，而且永遠會在家裡等他回來。伊藍已經耐不住性子，急著想開始新的冒險，整個身體繃得像彈簧，她一放手，他便掙脫出她的懷抱，衝到客廳找羅能。她沒站在窗邊看他們上車。

她沒有事先計畫從這一刻起之後該做些什麼。

心中的憎惡不再受控。

她打掃了房子，去特價超市買東西，繞到藥局買止痛藥，然後在附近的書店買了村上春樹《1Q84》的第三冊。這個夏天她開始看這個系列，幾天前才剛把前一本看完。她在電腦前坐了一會，三點時帶著書爬上床。上次有機會獨自待在家幾天，是多少年前的事了？最後一次是在伊藍六歲，羅能帶他到琴涅列湖玩了兩天，她改不完考卷而沒去。有那麼一會，她享受著午後躺在床上的寧靜時光、從窗戶篩進陰暗屋內的灰色光線，以及這本書的頭先幾頁。蘇菲給了她一張追劇清單，讓她可以窩在床上看劇，不過此時她比較想要閱讀。她的眼睛闔上、打開，又再次闔上，甜美的疲倦鬆弛了她的腿部肌肉；但很快地，她的思緒便又飄向南方，飄往合作社區。

露絲在大門歡迎伊藍。她擁抱他。帶他去看接下來五個晚上要睡的床位。幫他把歐娜打包好的行李拿出來，把衣服放進衣櫃。撫摸他的筆記本。

那個金髮女孩尤莉亞，赤腳、亂髮、光著上身，在一旁等著他們整理完畢，好帶伊藍去院子裡玩耍。過去幾個晚上，歐娜曾夢到她兩次，在那兩個夢裡她和伊藍走路都手牽著手。

害怕他會愛上他們全家每一個人，害怕他會想和他們一起回尼泊爾。

她憎惡羅能；他從身後抱著露絲，兩人一起看伊藍和尤莉亞在花園裡奔跑。

她起床泡咖啡，打給蘇菲。為了讓自家孩子連假空檔有事做，蘇菲絞盡了腦汁。她邀歐娜星期六前往北邊的邦尼亞斯河，一起去和伊茲克的同事健行。

歐娜打給吉爾兩次，他明明有空卻不接電話，使得她怒氣漸長。最後他終於接起，說自己正在布加勒斯特[12]出差。「你確定你人在布加勒斯特嗎？如果我現在立刻去你和露思住的地方，你能保證我不會看到你？」她問。他直接放棄回應。

接著她說：「羅能現在在以色列。我前夫。他說是來探望，但我覺得他想要從我身邊搶走伊藍。這段時間學校放假，伊藍在他那邊。我覺得我不想活了。」吉爾說：「很抱歉妳遇到這種事，有什麼我可以幫忙的嗎？」她大笑，想起曾考慮要脅他假扮成自己的男友。或許當初就該這麼做，應該在羅能帶著露絲來時，命令吉爾過來陪她一同面對。不過她知道，這完全是胡鬧，即使吉爾在場，也不會讓她能比較輕鬆面對羅能和他的新家庭，甚至可能適得其反。那種想法恰好證明了她有多想要擁有一個誰，就像羅能那樣，好讓她看到羅能時不會那麼孤單。

「歐娜，我回去就去看妳，可以嗎？到時候妳可以告訴我他想幹麼，我們一起想想對策，這樣好嗎？我現在沒時間多聊，會議排得很緊湊。」

12 Bucharest，羅馬尼亞首都。

晚上，聽到電話響起時，她很確定又會是羅能和伊藍打來的，雖然他們兩小時前才剛說過話而已；那時伊藍剛洗好澡，正準備要睡覺。當發現不是他們，而是吉爾時，她頗為失望，覺得伊藍最終還是沒有她陪伴、也沒聽到她念床邊故事就睡著了。吉爾說：「我有個想法，妳要不要明天或後天飛來這裡？伊藍不在這段時間，妳就好好放個假吧。我可以延後回程的班機，這樣妳也會相信我真的在布加勒斯特，對吧？」

他提議幫她出機票錢。如果她不想和他住在一起，他可以在同一間飯店幫她另外訂房間，或者她想要的話，他也可以安排她住在其他飯店。他會到機場接她，帶她繞一繞市區，兩個人一起找點樂子，如果她想要也可以自己去走走。她認真考慮了一會兒。說真的，為什麼不去呢？但她知道她不會行動，因為伊藍可能會提早回來，她必須待在他找得到的地方。再說，她需要與吉爾斷絕聯絡，和他一起去羅馬尼亞是完全背道而馳的行為。她想起去耶路撒冷住在蘇格蘭旅館的那天晚上，她曾在某個短暫片刻以為這段關係能夠有所結果；但相對地，即使當時她沒發現他還在婚，也仍有更多時刻是知道兩人之間不會有任何結果。當時吉爾說：「妳還沒告訴我妳的想法。」她問：「對什麼的想法？」而他說：「對於我們，對我，對於我們現在的關係或以後的可能性。」

而現在她問：「但我要怎麼跟其他人講？」

「想怎麼講都可以。妳說妳沒告訴任何人我們交往的事，對吧？那就說妳自己一個人趁著連假去旅行。」

那天晚上，歐娜又夢到那個金髮小女孩，但這次伊藍沒跟她一起。早上醒來後，她想不起完整的夢境，只記得女孩一個人進到泳池中，泳池的水流強勁，她正想著女孩會不會游泳，女孩便突然逼到她臉前，用那雙大眼睛看著她，吐出一串德文。歐娜聽不懂，或許是警告。

她起床後一個小時，伊藍打來了，如同羅能之前答應過的。伊藍說他睡得很好，早餐吃了法國吐司配楓糖漿，他們等一下就要去沙漠遠足。歐娜可以從伊藍的聲音聽出來他很高興。

他問，到了第五天之後，可不可以在爸爸這邊再住久一點。

12

吉爾沒在機場等她。飛機降落後，她打開手機，發現有個陌生號碼傳來簡訊：「被工作拖住了，我還在市區。妳先搭計程車到飯店，我這邊結束後打給妳。如果妳沒有這邊的錢，可以在機場換。」伊藍也從羅能的手機傳了簡訊給她：「馬麻旅途愉快，玩得開心。我們要去爺爺奶奶家了。」

入境大廳外的每個人都在抽菸，計程車裡也充滿菸味。即使帶了牛仔夾克，她還是冷。司機看起來像阿拉伯人，整趟車程沒看她一眼，也沒試圖聊天，等紅燈時他就顧著用黏在擋風玻璃上的手機傳訊息。他們經過車行和成群的流浪狗；她曾在某處讀到，現在布加勒斯特到處都是狗。她想起二十出頭還在當空服員時從機場坐車前往旅館的那些夜晚。有次在基輔，她和兩個同事遇上一名爛醉的司機，在市區車速開至將近一百公里，闖過途中每個紅燈，不讓她們下車。雖然她十多年前就曾經幾次從機場前往布加勒斯特市中心，但現在從計程車窗向外望，陰鬱的景色依然感覺陌生。可能因為當時走的是別條路吧。當然，她也問過自己到底來這裡幹麼。她先是想像司機會把她載到廢棄的工業區，逼她下車，而附近全是狗群。接著，當他們開進市區時，她擔心飯店的預訂表上沒有她的名字，也沒有多的空房。不過她開始覺得街道的景色有些熟悉，或許是模糊記得曾經來過這個地方，也或許是這裡看起來就像歐洲任何一座城市，有著觀光客、乾淨街道，以及Zara、Nike和星巴克。車子在一棟有著巴黎風格外觀的建築前停下。特利安農飯店，三星級。她覺得過去應該沒住過這間。

前檯的接待人員戴著一只玻璃製的藍色邪眼護身符，英語說得非常好，立刻就找到歐娜的訂房紀錄。她問：「您會入住兩晚，是嗎？」然後向歐娜要了信用卡。歐娜意識到房間雖然訂了但還沒付款，她頗為高興，因為在機上時便下了決定，不讓吉爾付這趟旅行所有的費用。接待給了她一張房卡，放在迷你的硬紙信封裡，信封上印了Wi-Fi網路名稱、密碼和早餐時間，接待用筆在這些資訊底下畫上藍線標示。歐娜請她查詢吉爾．杭札尼住在哪一間，但電腦上找不到他的名字。「請問他的入住時間是？」她問。而歐娜說：「應該已經住進來幾天了。」她們嘗試幾種不同拼法，但訂房紀錄裡都沒有他的名字。歐娜說：「沒關係，我大概搞錯了。」她想他應該是住在不同的飯店，也許是他平常習慣住的那間，不想被人看到和她一起出現。突然間，她希望在這幾天裡能有辦法完全不和他碰面。

飯店房間比她預期要高雅許多。有張大床，象牙床單上蓋著褐紅床罩。藍色地毯非常乾淨，深色木桌應該是古董，或至少是古董風格。床上方有兩盞壁燈，而天花板上的燈帶讓房間籠罩著柔和的金黃色調。她拉開藍色窗簾，望向底下名為寇柏契司庫的寧靜街道。她在床上攤開小行李箱（這是她每次入住飯店時的第一個動作），然後便又回頭去看那條旁邊林立樹木的街道。

她登入Wi-Fi網路，看到WhatsApp有則蘇菲傳來的訊息：「我要看照片！」她猶豫要不要拍房間的照片。出發前，她要對每個人說那麼多謊，蘇菲、伊藍，還有預計隔一天就要從歐洲回國的母親。歐娜說她找到一個三天期的超優惠方案，但沒說吉爾會在這裡，也沒說機票錢是他付的。她說她要獨自去旅行，清理思緒、充電，主要也為了逃離空蕩蕩的家以及最近這些羅能和伊藍的事。蘇菲覺得這樣很好，只是遺憾沒辦法跟歐娜一起來，伊茲克在他們家去健行時扭傷了某條肌肉，沒辦法獨自應付孩子們。歐娜傳給蘇菲一張房間的照片，以及另一張被敞開的藍色窗簾框住的安靜街景；蘇菲馬上回傳水槽裡堆滿髒碗盤的照片。

也許她做了正確的決定。

她不想等吉爾。事實上，她會用盡一切方法避開他。雖然機票錢是他出的，但其實無所謂——她可以把這當成某種補償，或者回到以色列後把錢還他就好。她知道機票不便宜，大概四百五十幾歐元，儘管如此，她還是決定要全額退還。這個決定令她如獲自由。她想起以前的自己，知道就算閉著眼睛不看地圖，也有辦法在完全陌生或沒那麼熟悉的城市裡找路。那是一種自然受美麗事物吸引而產生的方向感——她以前是這麼想的。她曾在全世界各個城市裡經歷過幾十個只住一宿就離開的夜晚，那種方向感就在這些夜晚裡逐漸打磨，總是將她導引至最迷人的街道、最有魅力的廣場和最令人喜愛的咖啡店。而現在，要是再加上Google地圖和布加勒斯特觀光應用程式的幫助，應該更輕而易舉才是。不過她決定不要用這些程式。她離開飯店，右轉再右轉，走到某條主要道路上，覺得應該沿著它前行，三、四分鐘後就發現方向是對的，她正逐漸走向舊城區。

這時是五點鐘，天空陰雲暗沉，彷彿就要天黑了。她記憶中的布加勒斯特要更髒、更窮一點，所以看到那些有著豪華賭場的飯店時有些意外；賭場裡設置了希伯來文的告示牌，請賭客將護照寄在櫃檯。一開始她並沒有拍照，她比較喜歡用自己的眼睛和記憶，或者像羅能以前會說的，她用靈魂拍照。但就在想起他這句話時，她拿出手機拍了一張，想在回家後拿給伊藍看。她不想進高級餐廳，而想找路邊攤，就像以前進行這種小旅行時一樣——不只是為了省錢，也因為那些店端出的食物最簡單也最好吃。她找到一攤在賣包了軟乳酪的酥皮捲，有點像是羅馬尼亞版本的喬治亞式khinkali湯包，或以色列會賣的bourekas酥皮捲。

八點，她想回房間，在伊藍睡前用Skype和他說點話。她在舊城區的紀念品店買了要給他的傳統木劍、彩色笛子和一件印有吸血鬼德古拉的白色T恤；圖片有點可怕，她不確定應不應該給他。快要走到飯店時，她看到吉爾正等在街上。他穿著在以色列時沒看過的灰色西裝，看起來很緊繃，站在路邊四處張望。「就算到了國外你也還是充滿驚喜啊。」她說。他先是道歉，說開會比預期中要久很多，但是很高興她順利找到飯店。他問她房間如何。

「房間很好。」她說。「所以你沒住在這間？」

對她來說，這趟旅程已經結束了，但也完全沒有白費：她需要的其實只是一趟機程、入住飯店，然後在布加勒斯特的街上繞一下子就好，這就足夠證明她尚未失去方向感，還是能找到自己要走的路。現在，她準備好飛回家了，連過夜都不必，就像以前常做的那樣。

吉爾說他沒住過這間飯店，是本地律師朋友推薦的。吉爾住在城市的另一端，靠近政府機關的行政區，方便開會，他想先知道歐娜喜不喜歡這邊，再決定要不要也訂一間。他問她是要另外訂一間房，還是她希望他們住在同一間。她說：「你平常帶女伴來這裡都怎麼做？」不過話出口後，她便對自己感到生氣，竟然讓他破壞了她的好心情。

這次吉爾沒有笑。她說比較想要自己住一間，又表示希望把機票錢還他。說住在城市另一頭只是荒謬的藉口，現在她連他是不是來布加勒斯特出差這件事都無法相信。她意識到對他的工作一無所知，並覺得他可能跟剛才看到那些有希伯來文告示的賭場有關聯。律師需要這麼常到布加勒斯特出差，才能幫以色列客戶申請羅馬尼亞護照嗎？總之，她沒辦法再應付這些捉迷藏和謊言了，她想和伊藍說話。她下定決心，不再和吉爾見面。

他問想不想出去吃點東西，她說要回房間打電話，並說他最好也打通電話給太太。她說，如果晚一點她不累或許可以碰個面，但其實她已經知道等一下會直接爬進被窩呼呼大睡。她走進飯店，發現他沒有跟上，於是問：「噢，所以是不想讓人看到我們同進同出嗎？但其實根本沒有人知道你在這裡吧？」吉爾回答：「歐娜，妳能不能別再這樣？我等一下就進去了，我在等快遞送文件過來。」但她有種感覺，他應該察覺到她沒興趣了，只是在原地等她走進飯店後，再從她的生活中消失。他身邊連個行李箱也沒有。她知道，當他們回到以色列，這一次，她會有力量永遠切斷這段病態的關係。

雖然一直出言嘲諷，但她並未真的因為他的謊言而感覺侮辱或者生氣，甚至連一點自我厭惡也沒有。倒是有些微害怕，因為意識到她其實不如想像中了解他。不過她現在覺得自由了，不只揮別了吉爾，也更自信能夠獨立前進，應付生活拋來的任何事物。即使伊藍說想和羅能多住一段時間，或是想和他還有他的新家庭搬去尼泊爾，她也都能夠應付。她會直接告訴他：不行，你不能搬到尼泊爾，因為你是我兒子，沒有人能像我把你照顧得這麼好。因為我不會放棄你，而且你知道你也沒辦法放棄我，就算你現在還不曉得，等長大一點就會懂了。

一回到房間，她立刻用Skype打給伊藍。接的人是羅能，他說：「妳氣色很好，歐娜。玩得開心嗎？布加勒斯特如何？」她回答：「很瘋。伊藍還好嗎？」

羅能說他們才剛從泳池裡起來，伊藍還在洗澡，應該很快就會出來了。雖然她沒問，不過她很確定伊藍和尤莉亞一起，而露絲正在幫他們洗。幾分鐘後，他們一起出現在螢幕上：只穿著一件橘色內褲的尤莉亞站在鏡頭的正對面，而伊藍從她身後跑過，身上裹著白色浴巾，一頭棕色直髮溼漉漉的。

她請羅能留她和伊藍講電話，於是羅能牽起尤莉亞的手，離開房間。「親愛的，你好嗎？我好想你噢。」她這麼說。他回答：「馬麻我很好。妳現在在哪裡？」

她又說了一次，她搭著有兩具引擎的波音七三七飛到一個國家的首都，國家叫羅馬尼亞，她剛才去城市裡到處看看，吃了好吃的晚餐，還買了禮物給他，現在回到飯店房間了。「你想要看我的房間嗎？」不過伊藍比較想看禮物。她從黑色塑膠袋裡拿出木劍和T恤，高舉著讓他看見。她覺得他看起來很高興。「藍藍，你喜歡和把拔住在一起嗎？」

「喜歡啊。我可以在這裡多住五天嗎？妳決定好了嗎？」

「我決定好了。我沒辦法讓你住了，我的小可愛。我太想你了，要我再過五天沒有你的日子，我會受不了。不過把拔他們在回去尼泊爾之前，還會再來家裡看我們很多次。」

他們之間就是這樣。

簡短交談，沒有太多話語。

重要的是其他的部分——眼神交流，身體逐漸靠近或逐漸遠離，就像那天傍晚在深色的海中被浪沖散，爾後又重新相聚。伊藍點點頭，她看得出來他沒有因為受到拒絕而生氣，甚至可能因此高興了些。「你現在累了嗎？想要告訴我你今天做了哪些事嗎？」她問。

「游泳池很好玩，我們晚餐吃了炸肉排。」

「你之前答應要寫日記，你有寫嗎？這樣當我們碰面的時候，你才能把發生的事情都說給我聽呀。」

他還沒動筆。

接著她要他給她一個飛吻，她隔著螢幕抓住那個吻，而他按下按鈕，讓她消失在螢幕上。

八點五十六分，有人敲門。她還穿著外出服，但已經自知不會出去吃飯，而是想要洗澡、換睡衣、上床睡覺。吉爾打了八、九通電話，她都沒接，希望他會自知不該再打了，但他打了這麼多次，每通都響鈴超過十聲還不掛斷，令她有些惱怒。她覺得他應該想要兩人能一起吃晚餐。

她開門時並不知道那是吉爾。他強行進門，用柔軟的手摀住她的嘴。他隨手帶上門，她還搞不清楚發生了什麼事便被推到床上，她從沒在他身上感受過這種力氣。他將她壓上床，將她的臉埋進枕頭裡堵住嘴，接著把她的雙手拉至身後，用膝蓋壓住她的手掌。她感覺他用布條綁住自己的手腕，等到綁緊了，又用一條毛巾綁住她的嘴。

歐娜用腳和背拚命掙扎，試圖推開他、用腳跟踢他，但只是讓他的膝蓋壓得更用力，直到她以為自己的脊椎就要被壓斷；他更大力地將她的臉壓進枕頭裡，她可以感覺空氣逐漸流失。就在失去意識前的那幾秒內，她覺得他想要傷害她：他不可能是想殺她，即使看起來很像。背上的劇痛難以忍受。她大叫：「吉爾！你在幹麼？」但聲音傳不出去。

恢復意識時，她的雙手仍被綁住、嘴也堵著，身體仍以同樣的姿勢趴在床上。背痛。她不確定過去多久時間，但房內已經完全暗下，大概過了好幾個小時。現在是半夜了嗎？吉爾注意到她的動作後轉過身來，她看到他正坐在旁邊的床上，拿著她的手機。電視螢幕正對著黑色的房間投射出繽紛的光線。

她還是不懂他想幹麼，而他平靜地問：「妳手機密碼多少？」彷彿完全忘記她嘴裡仍塞著毛巾。她試圖翻身，將雙手和疼痛的背貼向床，但他將她翻回去，讓她肚皮朝下，然後說：「請用手指比。」

他就只說這麼多。

他在接下來幾分鐘裡都沒說話，也沒發出任何聲音。她看不見他用她手機做了什麼，但透過螢幕發出的光，可以看到他戴了橡膠手套。她意識到他是真的想殺她。他一定是在刪除他寄來的訊息，彷彿已經完成謀殺的步驟，現在只剩掩蓋行跡。但她還活著。她試圖在床上移動，想滾下床。此時他一邊滑著手機，一邊起身，再次以膝蓋用力抵住她背部中央。

我命終的場景不該如此，她想。這不該是終點。她又想：我再也看不到伊藍了。他把我帶到羅馬尼亞就是為了這件事嗎？這在他的計畫之中嗎？之後會有人來抓他嗎？她知道，要讓他落網的唯一可能，就是活下來，因為她沒告訴任何人他們還有聯絡。她好幾個月沒向任何人提到他了，也沒有人知道她到這裡見他。但他代訂了她的機票，一定會在某個地方留下紀錄。他還訂了飯店。除非他早就擬定計畫，預訂時用的全是假名。她記得自己沒有關上窗簾，這是她一直以來的習慣，以便可以隨時看到外頭的景色，但他已經拉上簾子。她想到那位戴著玻璃邪眼的櫃檯小姐，幾個小時前，她才幫歐娜在飯店的電腦上搜尋「吉爾・杭札尼」。她明天還會記得這個名字嗎？但明天不該是終點。

然後，在其中一次掙扎翻身試圖跌下床的時候，歐娜看見那條白色電線，於是她明白了。

沒人抓得到他。

那是一條很長的白色電線，最末端是有著三個插座的延長線組，而另一頭已經綁成了一個圈。她意識到這將是他的凶器，殺死她後再將現場布置成是自殺。他會用那個圈套住她的脖子，把線繞過窗簾桿，或靠近天花板的某個東西。然後消失。他會將這間房間留給黑暗覆蓋，逕自回到自己的房間（如果他在這裡也訂了房）或者離開這間飯店（也許他住在別的地方）。他會飛回以色列，對於自己並未碰面的那名女人是否已在布加勒斯特的飯店房中自殺身亡一無所知；沒有人會為這個女人緝捕謀殺的凶手，因為羅馬尼亞警方會宣布死因為自殺，而她的親屬也會接受這個說法，他們會認為她同時失去了羅能和伊藍，心中一定多麼悲痛。而這一切剛好趁了羅能的意，因為他將能擁有伊藍，再也沒人會阻止他將伊藍帶到尼泊爾。所以他現在是用她的手機和名義寄出她的道別訊息嗎？也許他正在寫她留給伊藍的遺言？伊藍、伊藍、伊藍——只有伊藍。

她不斷在自己的腦中說話，雖然沒人聽得到。

而吉爾仍未發一語。

他起身，將她的手機放在桌上，然後走過來，再次用枕頭摀住她的頭。空氣會再次耗盡。她只想要想著伊藍、伊藍、伊藍，但卻看到他和尤莉亞在一起。尤莉亞穿著橘色內褲，用當初在電腦螢幕上看向歐娜的那個眼神回望著她。

這不可能是我的終結。

永遠沒有人抓得到他。

但我沒有自殺，我永遠也不會選擇離開你。一定得有人曉得這一點。一定有人知道。那不是我的道別信。你知道的。你、你、你。

也許到頭來這真的不是結束。

這怎麼可能是呢？當我將死的時候，伊藍的身體卻離我這麼遙遠。

第二章

1

尼鴻死於十二月二十五日，上帝之子誕生那天。

四天前，他半夜醒來無法呼吸，救護車載他到醫院。從那一刻起，他們就不需要伊蜜莉亞了，尼鴻改由護理師和醫生照顧。他的孩子們來到醫院，坐在病房外。伊蜜莉亞看見他們的表情，聽到他們以希伯來文彼此說了寥寥幾句，猜測他應該就要走了。

她和他們一起坐在走廊上，但不知如何自處，於是搭電梯到一樓，走進醫院露天廣場的冷冽空氣中。她回去時，有個護理師用俄語問她是不是尼鴻的看護，伊蜜莉亞回答是，護理師告訴她應該要開始找新工作了。醫生讓尼鴻陷入沉睡，替他戴上呼吸器，他頂多再撐兩到三天。他的器官都在衰竭。

「他活了幾歲？」護理師問，彷彿尼鴻已經身處天國。

伊蜜莉亞說：「八十四。」

「妳照顧他幾年？」

兩年。

從她來到以色列的那天開始。

第一年時，他能撐著助行器到處溜達，也會聊天，還替伊蜜莉亞做了一本筆記，寫滿字母和單字，讓她學希伯來文。但過去幾個月，他不說話也不走路了。她會用輪椅帶他出門，讓他不必整天關在家裡。輪椅上的他會閉起眼睛，在陽光下坐一、兩個小時，沐浴在好天氣中。他的頭會垂至胸前，彷彿陷入沉眠。有時候他會突然張開眼睛，四處張望，或許是因為驚慌，害怕獨自一人，直到看見身邊的伊蜜莉亞才冷靜下來。陽光能為他的臉帶來朝氣；她則坐在一旁樹下的長椅上。

她並不怎麼認識他，都是從他太太埃絲黛那裡聽來的：他曾是兒科醫師，出生於奧地利一座名為林茲的城市，四年前第一次中風，當時八十歲，除此之外一切健康。中風之前，他喜歡和孫女們玩在一起，但也希望能有孫子。醫生的工作退休後，他的休閒包括撰寫兒童疾病治療方法的書，還有打造裝有小型引擎的木製玩具，例如蒸汽火車或旋轉木馬，不過伊蜜莉亞來的時候，這兩件事他都已經沒在做了。

中午，尼鴻的大女兒建議母親先回家休息，畢竟讓她等在醫院裡其實沒多大意義。大女兒請伊蜜莉亞跟母親一起回去。

伊蜜莉亞說她去煮點什麼，但埃絲黛不想吃，於是伊蜜莉亞無事可做，便坐在幾天後就不再屬於自己的房間裡。房裡近乎空蕩，只有褪色的白牆、窄床、衣櫃、矮桌上的小電視和一台電晶體收音機。

葬禮在佩塔提克瓦的公墓舉行，無人慰問伊蜜莉亞。

尼鴻和埃絲黛的四個孩子一如以往恭謙有禮，從她開始為他們工作起便是如此。他們告訴她可以繼續住在小房間，直到找到新的工作和住處。她主動提出在七日守喪期[1]幫忙——她可以煮飯、送菜、洗碗、每晚打掃客廳和浴室——不過他們回絕了。他們說她不是傭人，之前照顧老爸已經都由她一肩扛起，再說守喪期整

1 守喪期（shiva）是猶太信仰中在家進行的哀悼儀式，從下葬後起算七天，由親近的家屬們守喪，其他人前來慰問。守喪期間有特定規範，例如家屬們會坐在矮於三十公分的凳子上，或直接席地。七天後便進入其他儀式階段。

個家族的人都會來幫忙。參加守喪的賓客帶來一盤盤的麵包糕派和甜點餅乾，有些親戚還帶了湯或其他菜餚。廚房裡滿是洗碗的女人。伊蜜莉亞沒有理由待在家裡，於是便只在晚上才回到小房間，現在的她沒有其他地方可以過夜。她每天早上七點半就出門，那時她已和埃絲黛吃完早餐，弔唁的訪客還未上門；晚上十點或十一點才回來，那時每個人都離開了，公寓漆黑一片。她開始尋找新的工作，透過當初帶她來以色列的仲介、透過俄羅斯報紙上的分類廣告，或者口頭詢問她認識的幾個看護。她重拾尼鴻當初幫她做的筆記，想再次試著學希伯來文；但和之前幾次嘗試一樣，即便是在這麼關鍵的時刻，她也自覺無法跨越那些形狀奇怪字母所築成的高牆。

直到幾個月前，她都還懷抱著希望，期待希伯來文能如樹木一般在她身體裡生長，以字母為枝幹，長出字詞綠葉或果實。可是現在這個希望正逐漸破滅，彷彿已和尼鴻一同死去，或只能留在她即將離開的小房間裡。

尼鴻的家人用希伯來文為伊蜜莉亞寫了簡短的推薦信，並用英文向她解釋內容：她是值得信任的勤奮員工，照料他們的父親彷若投身志業的護理師，也如母親照顧嬰兒。參加守喪期的賓客中有個男子聽到他們對伊蜜莉亞的讚美，就問她願不願意搬到海法照顧某個人的媽媽，但一問才發現，要是希伯來文講得不夠流利，可能無法勝任這份工作。

伊蜜莉亞走到以前常和尼鴻一起去的那棵樹下，坐在長椅上，思考著自己該不該回到里加。天氣很冷，讓她憶起某些已經遺忘的事。想到要搬到另一個家庭裡就令她害怕。不過，守喪期結束兩天後，仲介公司一個叫努伊特的女人告訴她，公司替她找到了新的工作，是到安養中心照顧一位老太太，地點在特拉維夫南邊的巴特央。工作是兼職的，一週三天，不必過夜。努伊特說伊蜜莉亞得先找地方住，直到對方決定這份工作能轉為正職為止，到時候食宿全包。於是，在想通要不要繼續留在以色列之前，她便又開始尋覓巴特央的租屋處。

道別那天，伊蜜莉亞打包了兩只行李箱，埃絲黛問她新租的公寓裡有什麼，如果要的話可以拿走小房間裡的任何東西，包括電視和收音機。伊蜜莉亞掙扎了一會，最後拒絕了。埃絲黛問：「鍋碗瓢盆那邊都有嗎？廚具呢？」但伊蜜莉亞只答應拿走她早上喝咖啡時常用的馬克杯。埃絲黛要她別失去聯絡：「伊蜜莉亞，妳可能沒發現，但不只是尼鴻——這些年來我對妳也有點感情了。」伊蜜莉亞答應會回來探望她。

她搭上以前推尼鴻到樓下花園時會搭的電梯，經過以前常和他並肩而坐的長椅，以及曾經保護他倆不受日曬雨淋的那棵樹。

她很確定這會是自己最後一次看到這些事物了。

2

埃絲黛在將近一個月後來電。

那是個二月初的星期二。她打來時是早上，伊蜜莉亞正在巴特央的安養中心，照顧新的雇主阿迪娜。伊蜜莉亞接起電話，用氣音告訴埃絲黛自己現在沒辦法講電話，晚點回電。下午，阿迪娜午睡時，伊蜜莉亞帶著手機走到陽台。聽到埃絲黛的聲音令她開心。埃絲黛用希伯來文問道：「妳過得怎樣啊，伊蜜莉亞？」伊蜜莉亞正要為沒機會聯絡道歉，不過埃絲黛又接著說：「妳還好嗎，伊蜜莉亞？妳答應不會消失，但卻一直沒聯絡。工作辛苦嗎？有時間來看看我們嗎？尼鴻不在，妳不曉得我一個人在家裡多不好過。」

埃絲黛的聲音讓伊蜜莉亞又看見那已經離開的小房間，有她睡了兩年的兒童床鋪和灰白牆面。她用英文告訴埃絲黛：「我星期四休假，可以早上去看妳。妳會在家嗎？」埃絲黛以希伯來文回答：「我整天都在家。今天可能會去剪頭髮。來之前先打個電話，讓我準備一下。」從她的聲音可以清楚知道，她不想結束這段對話。她對伊蜜莉亞說：「告訴我妳過得怎樣——在那邊工作高興嗎？他們對妳好不好？」

星期四那天，她依約去拜訪埃絲黛。

大樓外樹下的長椅上坐著一名年輕女子，身旁放著嬰兒車。伊蜜莉亞記得她：是住在一樓的鄰居，先生個子高大，有次尼鴻的輪椅有只輪子卡住，曾受他幫忙把輪椅推進電梯。伊蜜莉亞之前離開時女人尚未生產，還挺著無與倫比的孕肚。她微笑向伊蜜莉亞打招呼；她們從沒說過話，但或許對方還記得她。

雖然已經十一點半了，伊蜜莉亞在十點時也用電話告知自己要來，但前來開門的埃絲黛仍穿著棕色睡袍。她的灰髮凌亂，彷彿尼鴻死後就沒梳過。她們擁抱，埃絲黛接著問道：「伊蜜莉亞妳是怎麼了，怎麼變這麼瘦？」

咖啡桌上的拖盤裡放著盛了餅乾的小碟子和店裡買的大理石蛋糕。尼鴻的輪椅不見了，面向花園的窗戶用遮簾擋了起來，但公寓裡的氣味仍然沒變。剛來的頭幾個星期還覺得那味道如此陌生，但後來卻成了家的氣味：尼鴻的體香劑和藥、埃絲黛的乳液、老舊的牆，以及廚房某幾個櫥櫃裡正在腐朽的木板。埃絲黛問伊蜜莉亞要不要喝茶或咖啡，而當伊蜜莉亞提議由她去泡時，埃絲黛說：「當然不行。妳坐，今天妳是客人。」她進了廚房，留下伊蜜莉亞獨處，不曉得該怎麼在這座一個月前還是住處兼工作場所的公寓裡當個客人。

埃絲黛一端著杯子回來，便立刻開始說話。看她講話的樣子，會以為她已經幾個星期不曾開口。她每週還是會去泳池三次，但沒力氣游泳，就只做了些有氧運動。孩子們會來看她，但不太常，她感覺還沒從守喪期調整過來，當時有那麼多訪客。有時孩子晚上會帶朋友過來，待到很晚，她習慣早睡，但也沒辦法請他們離開。

看到伊蜜莉亞沒動叉子，埃絲黛便問她怎麼看起來這麼瘦，是不是都沒吃東西。伊蜜莉亞還來不及回答，埃絲黛又說道：「妳離開我好傷心啊，伊蜜莉亞。如果我可以決定的話，一定把妳留下來，但偏偏我身體還這麼好，能怎麼辦？如果我生病的時候妳還在以色列，就讓妳來照顧我吧。妳還會待在這裡對吧？妳沒有要回去吧？」

伊蜜莉亞說沒有，但其實回到里加的念頭最近愈來愈常出現。

她告訴埃絲黛公寓變整齊了，埃絲黛說：「想知道為什麼嗎？因為我開始把他的東西丟掉了。我力氣不夠，所以速度很慢。先丟所有的書。我每天把兩、三本書放在樓梯間，鄰居們就會撿走或是幫我丟掉。妳還記得他那台舊音響嗎？今天被我拿出去放了。妳剛才進來的時候沒看到嗎？」

她沒邀請伊蜜莉亞去看她本來住的那間小房間，伊蜜莉亞也沒問。除了丟東西的事情外，她們幾乎沒提到尼鴻。埃絲黛問伊蜜莉亞的新工作適應得如何，伊蜜莉亞不想讓她難過也不想抱怨，於是沒有回答便換了話題，告訴埃絲黛她正在找其他工作好支付房租。埃絲黛問：「要不要我問問住這附近的老人，或是游泳池那邊的？妳現在幾天有空？」伊蜜莉亞說兩天，星期六和星期四，如果需要的話週末[2]也可以。她可以一早就搭巴特央的第一班公車過來，一路工作到晚上。她告訴埃絲黛，她在安養中心餐廳認識的看護也介紹了一份工作，讓她休假時打掃大廳、住宿公寓或辦公室。她邊說話，邊頻頻尋找尼鴻的身影，彷彿他還在；她常常無法相信他已經不在了。她沒告訴埃絲黛，當她一個人待在巴特央的公寓或安養中心，有時會看到尼鴻，他彷彿有話想說，卻說不出來。她第一次看到他時只是驚鴻一瞥，看見他出現在餐廳內幾十個老人之間。她被他的臉嚇到——眼窩凹陷，皮膚近乎透明——但後來當她習慣他那死白的臉色，就不再覺得他可怕。

埃絲黛說：「伊蜜莉亞，為什麼要接那個打掃的工作呢？我覺得那樣不太好。妳當看護會比較適合吧？妳很懂得怎麼照顧人。再說，妳能夠做那個工作嗎？」

伊蜜莉亞回答，她在餐廳遇到的那個看護說那份工作不錯，接了單純是為了錢，不必許可證也不用告訴仲介。如果想謹慎一點，其實也可以去找律師，問問看怎麼向內政部變更她現有的工作證，老老實實地照法規走。埃絲黛說：「這樣吧，妳要不要去問吉爾？妳應該知道他是律師吧？沒記錯的話他也會處理這方面的案子。妳應該還記得吉爾吧？他會幫妳的。我覺得按照規矩來比較好，否則政府有權力遣返妳。妳知道他們現在因為那些黑人而做的事吧[3]？」

埃絲黛回房間拿手機，立刻打給吉爾，但他沒接。她說：「哎呀，我打過去他

2 這裡的週末指的是週五、週六。星期天算是一週的第一天，所以不算週末。

3 二〇一八年左右，以色列政府曾經試圖遣送境內的非洲難民，這項議題牽涉了非常複雜的國際外交及種族關係。

沒有一次接的。」她在紙條上寫下他的電話號碼，拿給伊蜜莉亞。她留伊蜜莉亞午餐，態度非常堅持。其實伊蜜莉亞是拒絕的，因為她看得出來這次來訪讓埃絲黛有些疲憊，畢竟她們多少必須用上英文才能溝通。

她們在廚房吃午餐，就在以前每天早晨一起喝咖啡的那張桌子上。吃飯時兩人幾乎沒交談。伊蜜莉亞問埃絲黛現在誰幫她煮飯，埃絲黛說她偶爾又會開始下廚，然後反問伊蜜莉亞湯的味道如何。她不斷對伊蜜莉亞說「如果我聽到這附近有任何工作就馬上告訴妳」，接著至少又叮嚀了兩次「別忘了打給吉爾，我保證他會照顧妳」。

道別時，她要求伊蜜莉亞一定要再來看她，不過伊蜜莉亞能感覺得到，埃絲黛應該不會再打來了。

3

有件事伊蜜莉亞不想讓埃絲黛知道，並且相信自己成功瞞過了所有人：她逐漸陷入困境中。她需要有人拉她一把，讓她不致滅頂。或至少有個即將獲救的信號。

她在巴特央安養中心的工作跟照顧尼鴻時非常不同。這間安養中心靠近海灘，由兩座大樓組成，彷彿兩顆滿是老人和看護的蜂巢。伊蜜莉亞並不孤單，她會遇到許多看護、男人和女人，他們來自烏克蘭、保加利亞、泰國、哥倫比亞、羅馬尼亞、波蘭、摩爾達維亞和菲律賓，到哪都遇得到，電梯裡、鋪了天藍色地毯的走廊上、大廳、潮溼陰暗的未整修餐廳，還有在院子裡。不管走到哪，她都能和人說上點話。有些看護就住在被照顧者的公寓裡，有些則和伊蜜莉亞一樣在外面租屋，有的群居，有的獨住。有些看護的家人和孩子也住在以色列，有些則在各自的國內。他們接耳間談的主要都是錢，每個人都在找外快，很多人都有兩份工作。伊蜜莉亞不斷被問到「妳來以色列多久了」、「哪間仲介帶妳來的」、「妳打算在這裡留多久」，而她問自己的問題則要更絕望一些。

她照顧的老太太阿迪娜已經九十二歲。阿迪娜非常不會說英文，只能講幾個基本的單字像是「來」、「外面」或「打掃」，不過聽得懂的就多一些。阿迪娜有個女兒叫海娃，大約六十歲，依照她房間櫃子上的相框判斷，她應該還有個兒子，已經過世。她有五個孫子孫女，其中一個正在服役[4]。

上班的第一天，海娃告訴伊蜜莉亞，她媽媽已經有點神智不清了，可能有幾天在狀況內，另外幾天則不。阿迪娜直到兩年前都還過著非常獨立的生活，過去兩年都由一名以色列女人幫她打掃、洗衣服、買必需品，每週兩次。現在的情況更糟糕了一點，大部分的時間都需要有人看著阿迪娜，無論日夜。白天時她會看電視，但不能讓她一個人待超過兩、三個小時。現在海娃會在星期六、四和週末時過來，其他天則要交給伊蜜莉亞。如果社工判斷阿迪娜需要長期照護，他們就會全職雇用伊蜜莉亞，而且有可能讓看護搬進護理之家。伊蜜莉亞如果想要留下來，她的希伯來文就得說得更流利，雖然安養中心大部分員工會說英文，但她會很難和阿迪娜二十四小時相處。

海娃不像尼鴻的孩子們那麼有禮貌，要更多疑一點，而且她和阿迪娜之間的互動也讓人不太舒服。當她幫助阿迪娜從椅子上起身或是在迷你客廳的舊沙發上坐下時，觸碰方式和表情總有些粗魯，她告訴伊蜜莉亞該怎麼照顧母親時也是一樣態度。

伊蜜莉亞學得很快。她早上會帶阿迪娜走到餐廳，端上剝好的水煮蛋、一片白麵包、切碎的蔬菜和一大匙卡達起司。早餐後，她們會在大廳和花園裡散步，如果沒下雨就走到安養中心對面的木棧道。阿迪娜會要求坐得離大樓遠一點，避免和其他住客聊天，然後專注地看著路人，彷彿在找誰。之後伊蜜莉亞會帶阿迪娜回到七樓的房間，再去處理要完成的工作，有時得出門買藥或食物，然後打掃房間、洗衣服。兩人間的溝通憑藉著伊蜜莉亞蹩腳的希伯來語和阿迪娜有限的英語詞彙，不過大部分還是得比手畫腳。阿迪娜時常鬱悶不樂，她會拉高音調，說著令伊蜜莉亞慶幸聽不懂的話。

她們和所有住客一樣在餐廳吃午餐，飯後阿迪娜會休息一下，通常會午睡。下

4　在以色列，男女皆需服役。

午時候，她們要不按照安排去禮堂聽演講，就是到地下室玩牌，但有時就只待在房間，讓阿迪娜看電視。吃過晚餐，伊蜜莉亞會幫她洗澡。

伊蜜莉亞會在八點過後離開，那時阿迪娜已經差不多睡著了。她的床頭有個緊急鈴，按下去，安養中心隨時待命的員工就會過來。伊蜜莉亞用海娃給的鑰匙鎖門。每次伊蜜莉亞向阿迪娜道別時，阿迪娜總是沒什麼反應，早上伊蜜莉亞來的時候也一樣。

雖然到了最後一年尼鴻已經沒辦法說話，但跟他相處時的情況仍非常不同。特別是有些時候，他會突然睜開眼睛，焦急地尋找伊蜜莉亞，看到她後便露出驚訝的表情，然後又平靜地再次閉上雙眼。阿迪娜則是完全相反。伊蜜莉亞知道阿迪娜不想要她在身邊，因為隨便一個看護都做得比她好。她告訴自己，我之所以來到離出生之地這麼遙遠的地方，不該只是因為要做這樣的工作而已，一定有其他原因。她必須去找出那件自己還不甚明白的事，假如找不到，就算里加沒人在等她，也只能回去。

伊蜜莉亞並未放棄，總是覺得會有好事發生，抱著希望面對每一天。她租賃的公寓位在大街上，車流整晚不停，讓她很難入眠；除此之外也因為冷。雖然知道可能很快就得搬去和阿迪娜一起住，但她還是去貝爾福街上的居家用品店買了喜歡的盤子、一只炒鍋、兩條顏色繽紛的毛巾和一條毯子。她花了很多時間打掃公寓；先前的住客是三個喬治亞籍的工人，從來沒打掃過。晚上從安養中心走回家的路程大約十分鐘，她會去超市買番茄、黃瓜、檸檬、幾顆蘋果和幾瓶礦泉水（因為自來水太濁了），在家時就吃這些。她也會買麵包。公寓裡沒有鏡子，伊蜜莉亞覺得沒那個需要，但從安養中心的鏡子裡她看得出來自己變瘦了。

每天晚上，她會幫自己泡一杯非常甜的茶，就像以前母親泡給她喝的那樣。她想念里加——確切來說她想念的不是里加，而是自己長大的那個家。父親總是比母親早下班，她想念獨自在家等待父親的那些時光。伊蜜莉亞會在桌上設好兩只盤子，給父親和自己，在盤邊擺上刀叉和湯匙。她會在桌子中央擺一只棕色籃子，裡頭放著早餐剩下的半條麵包。盤子有點深度，盤面用黃色和黑色畫著鸛鳥和雁。家裡不准伊蜜莉亞開爐火，所以要等父親午餐時間回家時才能熱菜。吃過午餐，伊蜜莉亞會收拾盤子，在廚房水槽裡用冷水清洗乾淨。

伊蜜莉亞在巴特央租的公寓樓上住著一對老夫婦。她總是開著窗，迎向冷冽的空氣和晚餐煮食的香味，不過這也會讓她聽到那對老夫婦的對話，丈夫斥責妻子時所用的希伯來文以及妻子的回應。大多數時候，她覺得當初沒拿走埃絲黛家的電視或收音機是對的，她愈住愈覺得這間公寓像個山洞，讓她能夠在此調整自己的身心靈。公寓面積大約十四平方公尺，之前那三個喬治亞人不曉得怎麼塞進三張床墊。不過也正因為沒有電視或收音機，她在公車上聽到的聲音、從阿迪娜那邊電視裡聽到的內容，以及從敞開的窗戶鑽進公寓的那些聲音，才能像現在這樣令她寒毛直豎。伊蜜莉亞覺得每個音符可能都正訴說著某則她亟需聽到的訊息，彷彿指引，彷彿某種事物來臨前的徵象。

而且很有可能已經來了。

事情是這樣發生的，有個名叫珍妮佛的菲律賓看護在電梯旁的公告欄貼了告示，邀請信徒在聖灰星期三參加彌撒，準備迎接四十天的大齋期[5]。伊蜜莉亞剛好在她貼公告時看到，便問她彌撒會用什麼語言舉行，菲律賓人說是英文。伊蜜莉亞星期三要工作，所以沒辦法參加，但這令她意識到自己可能已經在不知不覺中開始了大齋；先是決定放棄電視和收音機的娛樂，現在吃東西的習慣也變得不同。

四十六歲生日那天（差不多接近一月底，她獨自慶生），她第一次去了那間教堂。她抄下菲律賓人告示上的地址，搭公車到雅弗，卻發現那地方距離她的公寓不到三公里，她其實可以走過來就好。而這也是個信號。

除了大家都知道的那些之外，她其實不曉得進了教堂該做什麼。第一次進到大廳時，她既沒在胸前畫十字，也沒有在神之子的大理石雕像前下跪。伊蜜莉亞小時候很少上教堂，父親那時並不信神之子。而母親雖然信但也很少去教堂，就算去了

5 大齋期（Lent），不同語境下也稱為四旬期、封齋期，是復活節前第四十日的意思，從聖灰星期三直到復活節。大約是模擬耶穌受洗後曾到荒野禁食四十天，但因主日（星期天）是記念耶穌復活的日子，不能齋戒，因此會在四十天外另加六天來補足天數。因此，大齋期的第一天會是復活節前第六個星期的星期三，這天稱作「聖灰星期三」（Ash Wednesday），當天教會會舉行塗灰禮，把去年聖枝主日祝聖過的枝條燒成灰，塗在信徒額頭上。

也不太會帶伊蜜莉亞，不想惹父親生氣。但在前往雅弗的公車上，伊蜜莉亞想起還是小女孩時，曾和母親的姊姊絲特芙卡阿姨一起去過里加舊城區的聖彼得教堂。伊蜜莉亞的母親生病後，絲特芙卡就搬來和他們同住。那天她們去教堂是為了祈禱伊蜜莉亞的母親能夠康復，不過伊蜜莉亞不只祈禱母親能夠恢復健康，還希望母親不再受苦。母親不到一週便去世了，伊蜜莉亞為此感到愧疚，也沒把禱告的祕密告訴任何人。

雅弗教堂的彌撒用的是波蘭文，伊蜜莉亞在後排的長椅坐下，聽著自己不甚了解的禱詞。主持司鐸的聲音彷彿音樂在空曠的室內迴盪。

她在離開前買了一根蠟燭，藉洗禮池旁另一根已在燃燒的燭火點燃。她將點燃的蠟燭立在其他蠟燭旁，一股燃燒的蠟味讓她想起尼鴻和埃絲黛，也想起自己的母親和父親。父親直到猝死前的幾週才開始和她談到神之子。

現在，她每個星期天都會去雅弗的教堂，聽著以自己無法理解的語言舉行的彌撒。她發現雅弗的這間教堂也是以聖彼得為名，就跟里加那座古老的教堂一樣，而且她開始認得參加儀式的信徒。她覺得那位年輕的司鐸應該也認得她。每個週日，她都更靠近他一些，坐在接近前排的長椅上，可以在他面前喃喃自語。

雖然知道自己想要，也總有一天會和他說話，但她現在還是不敢。

禱詞中有些字的發音和她的母語相近，不過大部分的內容她還是都聽不懂。但隨著日子一天天過去，她開始覺得祂引導自己的方式並不是透過文字的語言，而是透過事物的語言，透過事件和經歷的語言。任何筆記都無法教導如何辨識這種溝通方式，為了理解，她必須打開所有窗，接納所有事物。

而這剛好就是她一直試圖在做的事。

那天去探望埃絲黛後，她坐公車回巴特央，在貝爾福街下車，走進居家用品店，買了一張繡花桌布、一個塑膠碗碟架，和一只用來放麵包或水果的小籃子。那天晚上，她在褲子口袋裡找到寫了吉爾電話的那張紙條，便打過去，因為她還是需要更多工作和薪水。

平時，她會把在招牌上看到的希伯來文單字和短句寫在筆記本上，試著背起。現在筆記本上寫了那座教堂所在的街名、從公車站走到教堂會經過的兩條街道，以及伊蜜莉亞自己的名字，全都寫了希伯來文。她以鉛筆描繪出那些字的形狀，彷彿不是在寫字母，而是畫畫。

她去了埋葬尼鴻的墓地，將他墓碑上的銘文抄進筆記本。

「他是我們摯愛的祖父、父親和丈夫。」

「世人的楷模、先驅，與孩子們的醫生。」

「願他的靈魂獲得永生。」

伊蜜莉亞將在墓園外買的花束放在他墳上，看到尼鴻就在不遠處，站在其他墳墓之間，用那對正慢慢變黑的眼睛看著她。

4

她第一次和吉爾碰面是在星期天，接近二月底，仍時值冬天。碰面的前幾天，壞消息就來了。伊蜜莉亞打開阿迪娜房間的門，發現她女兒海娃正在整理衣櫃。海娃問伊蜜莉亞，有沒有接到仲介公司努伊特的電話，伊蜜莉亞說沒有，於是海娃告訴她，國保協會終於核定阿迪娜可以請全職看護，伊蜜莉亞三月一日開始就能搬進安養中心。

海娃帶伊蜜莉亞進到阿迪娜臥室，衣櫃敞開，衣物和褪色的毛巾在床上堆成幾疊。海娃問伊蜜莉亞一個櫃子加上三個抽屜夠不夠，阿迪娜這裡有多的床單和毯子，如果伊蜜莉亞還需要其他東西，就列清單，她會回家看看有什麼再帶過來。

阿迪娜坐在狹小客廳的沙發上，雖然聽不懂兩人的對話，但顯然非常清楚女兒正在準備什麼。她用希伯來文對著海娃大叫，說她不想要和伊蜜莉亞住在一起，說她不需要看護，而且伊蜜莉亞會偷她的錢。伊蜜莉亞嚇個半死，但海娃用英文對她說，要她別管阿迪娜。「妳聽得懂她在說什麼嗎？」海娃問。「她覺得每個人都在偷她的東西，通常是我、我老公，還有我們家小孩。好像她真的有什麼東西能偷一樣。她這輩子最會的事情就是浪費錢，到現在一毛都不剩，我還得花我自己的錢去幫她。」

雖然已經不需要法律方面的諮詢，伊蜜莉亞並未取消和吉爾赴約。

她早早醒來，天色仍暗。她打開檯燈，在廚房敞開的窗邊喝完咖啡。這樣的早晨所剩不多了。居家用品店買的繡花桌布鋪在桌上，正中央放著那只小籃子，籃裡有幾顆檸檬和蘋果。在街上車流短暫和緩的空檔，伊蜜莉亞聽到一名女子穿著高跟鞋快步走過。她告訴自己，這些變化都是好的，薪水會增加，也不必再付房租。說起來，她本來就沒辦法繼續住在這間公寓，錢已經不夠了。但就算這樣，她還是覺得搬去安養中心會比離開尼鴻和埃絲黛的家更艱難。

四十二號公車將她從巴特央帶往赫馬干。她在路線的起點上車，所以還有得坐，在後排找到了靠窗的位子，窗上蒙著水氣。她穿著那一百零一套灰色牛仔褲和灰色T恤，戴著大鏡片的墨鏡。因為瘦了不少，衣服便垮掛在她身上；她沒辦法想像穿成其他樣子，再說現在也買不起。她用塑膠袋裝著她的長型黑皮包和舊手機。

伊蜜莉亞把塑膠袋按在腿上。

每隔幾站，其他的座位上就會換一批乘客，整輛公車載滿了人，沒位子坐的人就擠在一起，試著找地方抓，潮溼的外套貼著潮溼的外套。到了其中一站，在雅弗用波蘭文舉行彌撒的那位年輕司鐸上了車。伊蜜莉亞很訝異在教堂以外的地方看到他。出現在這部公車上的他既陌生又格格不入，彷彿他不應該現身此地，或者是只為了她而來。他看起來和在教堂裡完全不同，穿著藍色毛衣和黑色擋風外套，隱隱露出底下的硬領，肩上背著一只皮製的書包，彷彿還是學生。

伊蜜莉亞藏在成群的乘客後面，所以司鐸沒看到她，她也只有在乘客移動或下車人群分開時才看得到他。他在伊蜜莉亞的視線中時隱時現，那張臉令伊蜜莉亞激動不已。沒人讓座給他，她便站起來，將塑膠袋放在位子上，朝他的方向走去。她沒有介紹自己，而是直接以英文問他要不要坐。他對她露出驚訝的表情，然後微笑著說下一站他就要下車了。

她回到位子，在幾站後下車，踏上畢雅勒克街和阿巴希勞爾街的轉角。

吉爾在忙。她坐在祕書前方的扶手椅上等待。

兩個看起來像雙胞胎的矮胖男人走出他的辦公室，但她還是繼續等到祕書說可以進去了，才在祕書陪同下走進辦公室。進去之後，吉爾向她伸出手示意，那手柔軟、潔白，看起來軟弱無力，讓她想起尼鴻的手。她以前每天早晚都幫尼鴻洗手，一到兩星期剪一次指甲。吉爾的眼睛也像尼鴻，但不會像尼鴻從睡夢中驚醒或當她幫他洗臉時那樣直直地盯著她。

吉爾穿了西裝，聞起來有鬍後水的香味。剛碰面時他似乎還是很忙，或者有點分心。他用希伯來文對伊蜜莉亞說：「我母親說，妳之前找過她，說妳需要法律建議。」伊蜜莉亞聽得懂他的話，不過她以英文回答。事實上，她現在並不需要他的幫助，因為她很快就要搬進安養中心，工時也會變成全職。但當他以英文問「所以我能夠幫妳什麼」時，她撒了謊，把之前去找埃絲黛時還算事實的話又說了一次：工作只是兼職，薪水不夠，她想在空閒時另接居家或辦公室清潔的工作，但又不知道這些工作需不需要政府核可，或者能不能變更現有工作證的內容，剛好埃絲黛建議她來問吉爾，她才打了電話。沒向吉爾說實話令她有點不舒服，但她安慰自己，當初告訴埃絲黛的這些話並不算謊言，而且這在她打給他時的確仍是事實。

除了他是尼鴻和埃絲黛最小的兒子之外，伊蜜莉亞此時對吉爾一無所知。他和兩個姊姊只差了幾歲，但比最大的長子小很多。四個孩子中，他最不常來探望尼鴻和埃絲黛，但原因不只是工作繁忙和頻繁出差——這是她從埃絲黛偶爾提起的話中理解到的資訊。埃絲黛曾暗示，他比較常去拜訪岳父岳母，因為對方家境優渥，給了吉爾和他太太一大筆錢。伊蜜莉亞記得埃絲黛曾對尼鴻說：「吉爾知道為了錢該與誰結婚，但這也沒辦法讓他活得比較快樂。」伊蜜莉亞不常看到他。錢確實很重要，不過給她薪水的人是埃絲黛和尼鴻的長子，澤福。

吉爾的辦公室不大，也不豪華。整個地方都鋪設了灰色地毯，家具也是舊的。除了手和眼睛，吉爾柔和緩慢的動作也令伊蜜莉亞想起他的父親尼鴻。

他娶的女人名叫露思，伊蜜莉亞也不常看到她。他們的兩個女兒，諾婭和哈達絲，倒是會自己來看尼鴻和埃絲黛，有時單獨，有時一起。守喪的那個週六，沒有人來弔唁，埃絲黛便把家裡的舊相簿找了出來，和伊蜜莉亞一起看了吉爾童年和青春期的照片。

吉爾向她要了護照和人力仲介的文件，仔細看過一遍。他在讀文件時，伊蜜莉亞暗自心想，她睡了兩年的小房間可能就是他小時候的臥室。

吉爾從文件中抬頭，用英文對她說，雖然這不是他現在熟悉的領域，不過他以前曾替仲介還有外籍勞工處理過這類事務好一段時間，直到幾年前才轉到別的業務。就他認為，除非當初引介她來以色列的仲介提出正式申請，否則沒辦法更改工作證內容。

「妳想要我聯絡仲介，請他們提出申請嗎？」他問。而伊蜜莉亞很快拒絕了。

「那麼站在律師的立場，我不建議妳從事許可範圍以外的工作。」他停頓了一下，又補充：「不過，那可能是最簡單的方法了。其實每個人都會這麼做，就連以色列人也是。可以給我幾天問一問，再給妳詳細一點的資訊嗎？」

伊蜜莉亞點頭，但沒有起身離開。她重申不希望他聯絡仲介，他說他明白。他問她的姓怎麼念，她複述了兩次，諾帝伏斯，吉爾有點發不出那個音。她想到自己很久沒說出這個姓了，彷彿她的名字只剩下伊蜜莉亞——伊．蜜．莉．亞——但現在連這個名字也要消失了，因為阿迪娜不像尼鴻和埃絲黛，她從不叫她名字。多虧吉爾，她的名字突然又回到身邊。他問她有沒有親戚在以色列，她說沒有，吉爾轉而用希伯來文問：「那在拉脫維亞呢？妳有家人住在里加嗎？」她搖搖頭。「連拉脫維亞也沒有？妳孩子不在拉脫維亞嗎？」

她沒有小孩，父母也不在了。她想告訴他，雙親就是她最後的家人了，但這並非事實，因為還有絲特芙卡阿姨以及兩個表弟妹，他們兩個也都有孩子。接著吉爾提到尼鴻：「我知道我爸很依賴妳。妳當看護很久了嗎？來以色列之前就在當看護了？」伊蜜莉亞說不是，她在里加時是居家用品店的員工。她從塑膠袋裡拿出黑色皮包，但吉爾示意她收回去。他說：「不必不必。再說現在也還沒有事情需要妳給錢，如果有的話我會告訴妳。我會盡量幫妳的。」

那天晚上，伊蜜莉亞一路走到雅弗。波蘭文彌撒六點開始，她提早到了，便在教堂外的廣場上坐了一會兒，旁邊就是海。

她想到早上在公車上遇到的司鐸，想到一旦搬進安養中心開始全職工作，週日可能就沒有機會再來參加彌撒了。在整車的乘客中遇到那位年輕司鐸是提醒她應該和他說話的徵兆，她決定今天就要行動。

此時她已非常清楚，參加彌撒的信徒什麼時候會從木長椅上起身，什麼時候會跪下。她想到自己即將睡在阿迪娜公寓窄小客廳裡那張沙發床以及老舊的床單上，司鐸的聲音從教堂天花板灑落，將她的思緒推向他方。例如尼鴻的手，那幾乎是他身上唯一沒有任何行將就木或者衰老跡象的地方。她想到，那雙手和今天早上吉爾伸出的那隻柔軟的手有多麼相似。她想到司鐸身後那尊神之子的雕像，祂的身軀傷痕累累，一雙手卻幾乎完好無缺。大理石刻成的神之子手潔白、纖細，手指修長且乾淨，沒有釘子扎過的痕跡。一瞬間，她彷彿看到尼鴻的身影又出現在眼前，不過這次只是記憶。他們在浴室，在洗手檯前。他坐在輪椅上，站在一旁的她握著他的手，將手放到洗手檯上，以水和肥皂清洗。可能因為鏡子太高了，尼鴻看不到自己的臉，於是便看著她的。她也想到她病倒的母親；那時伊蜜莉亞還是小女孩，還不曉得如何靠近死亡而不感驚懼。她想到父親，在母親走了許多年後也因心臟病驟逝，伊蜜莉亞連照顧他的機會都沒有。

司鐸沒有提到兩人在公車上的偶遇，她也沒提。她甚至有點懷疑那個人到底是不是他。她用英文問他有沒有空說話，司鐸請她稍等，讓他先和信眾道別。一會兒後，他示意她跟上，將她帶往禮拜堂後面，進到走廊盡頭的司鐸室。房間寬敞而且熱。他們在木椅坐下，面前的長桌覆以紅布。年輕的司鐸問伊蜜莉亞要不要喝水，她說好。他怎麼會知道我很渴？

和之前擔心的一樣，一面對面，伊蜜莉亞就不曉得該怎麼和他對話，找不到正確的詞。

近距離看，他真的很年輕，比她先前以為的更年輕。如果當年沒有流產，她未出世的兒子或女兒現在應該早已超過這個年紀。他的眼睛是綠色的，就跟尼鴻還有尼鴻的兒子吉爾一樣。司鐸感覺得出來她不知如何開口，所以先伸出援手破冰，他問了她的名字、從哪裡來、在以色列待了多久，她是不是搬到這裡之後就在參加教會了。她搖頭，表示只來了幾個星期。他提到時機，問她現在來教會是不是發生了什麼事，她對這個問題感到困惑，說自己也不曉得。司鐸笑著說：「說起來應該是我問錯問題了，來教會不需要任何原因。」

他從玻璃瓶裡倒水，再次注滿她已經見底的玻璃杯，並說他只會在以色列待幾個星期。他的名字叫塔迪伍施，波蘭人，故鄉在波茲南附近的小鎮，過去兩年都住在英國雪菲爾，也在那邊工作，到現在還沒完全習慣以色列的生活。他說的這些話確實幫了伊蜜莉亞，她對塔迪伍施擠出一個問題：「是你自己要求來這個地方的嗎？」他說不是，她沒接話，於是他又說：「我們一般不會提出這類要求，想要的話還是可以試著提看看，不過大部分都是被派到哪裡就去哪裡。妳到以色列是自己想來嗎？」

伊蜜莉亞搖頭，把水杯放在桌上，突然間覺得能夠說話了。她和司鐸提到尼鴻。在來以色列之前，她並不曉得要照顧的對象是誰，但當她看到尼鴻的當下，便感覺自己之所以被派來照顧他是有原因的，也許是為了彌補多年前母親生病時沒有辦法照顧她的遺憾，或者是為了她父親。現在，當她不再需要照顧尼鴻，她不曉得該繼續留在以色列或者回里加。她一直在尋找身在此地的原因，但尚無所獲。照顧阿迪娜不可能是那個原因，但她感覺來到這裡並非巧合。接著她鼓起勇氣，問出第一次進到這間教堂時就想問司鐸的問題：「我們要怎麼才知道自己在不在祂為我們安排的道路上，還是其實根本走錯了路？如果錯了，應該改變方向嗎？」

看見塔迪伍施的笑容，伊蜜莉亞便確定他就是早上在公車上看到的那個人。當她讓座給他時，他也露出同樣的笑容，仁慈、寬闊。他的臉柔軟如孩子，金髮柔順，一邊說話一邊用手理過髮間。他說：「沒辦法知道，伊蜜莉亞，我自己覺得至少大部分的時候不會知道。我們通常無法得知，只有在某些短暫片刻，心中會浮現一點認識，然後便試圖依照那些認識的方向去追尋。我並不熟悉妳的生活，不過我認為妳確實走在祂所安排的道路上，因為我相信祂永遠都會引導我們去幫助其他人——而這剛好就是妳在做的事。」

回家路上，伊蜜莉亞中途去了貝爾福街的居家用品店。店員已經能認得她了，但不曉得她的名字是伊蜜莉亞·諾帝伏斯，也不知道她的年紀或做什麼維生，更不可能知道她不應該在這家店花這麼多錢。不過女店員確實認得這位體型纖瘦的中年女子，認得她短短的金髮，認得她即使在氣溫下降的那幾天也永遠穿著鬆垮的灰色牛仔褲、灰色短袖T恤，戴著紅框的巨大太陽眼鏡，並且總是在店裡逛很久。縱使已經要搬家，完全沒必要再替公寓買任何東西，伊蜜莉亞還是買了一組裝飾華麗的杯墊和一只小銅鈴，鈴上附了繩子，可以吊在窗框上。

住在公寓的最後幾個晚上，她一邊喝著甜茶，一邊把希伯來文單字和句子複製進筆記本裡。那些字是她從安養中心大廳的報紙或小冊子上收集來的。她不斷用希伯來文畫著「伊蜜莉亞」這個名字，另外也會畫「雅弗」、「塔迪伍施」和「聖彼得．西門．磯法」。

尼鴻有時會出現在她房裡，在她用鉛筆畫字母的時候坐在一旁，她不敢看他。他的皮膚正緩慢地消失，雙眼顏色愈來愈深。她想問塔迪伍施關於下一個世界的事，關於她的母親、父親和尼鴻去的那個地方，不過她覺得還是先別問比較好，怕驚動到他。而且她也自知不會把看得到尼鴻的事告訴他。

她設好鬧鐘，希望隔天能夠早起，好延長這段獨處的時間。她在敞開的窗邊就著冬日陽光喝咖啡。

5

三月一日來臨。伊蜜莉亞再次將東西打包成兩只行李箱。她用報紙包起新買的居家用品，埋在衣物之間，到了安養中心再換到另一個紙箱裡。紙箱是某個在廚房工作的摩爾多瓦人給的。她將箱子放在阿迪娜的公寓陽台角落，塞在一張塑膠椅下方，以免被急來急走的陣雨淋溼。

阿迪娜在夜裡頻仍醒來，哭、叫。伊蜜莉亞從沙發床起身去看她，訝異地發現自己居然有安撫她的能力。她會輕撫阿迪娜乾枯的手臂和薄髮，直到她睡去。這還是情況比較好的時候。白天，阿迪娜會不斷抱怨、咒罵，甚至會在伊蜜莉亞幫她更衣時試圖打人。她的健康似乎正在持續衰退，有時候根本不記得伊蜜莉亞是誰。

現在伊蜜莉亞有兩個家可以想念：一個是在埃絲黛和尼鴻家的小房間，正逐漸從她的記憶裡消逝，另一個則是那座巴特央公寓。曾經有幾個星期，那座公寓連同窗外傳來的車聲以及鄰居的聲音都一同為她所有。她在安養中心既沒有房間也沒有床，每天晚上，她都要拉開客廳的沙發床，從沙發底下的收納盒裡拿出床單、毯子和枕頭，鋪好當晚的床鋪；每天早晨，又要再撤下床單、把所有東西收進盒子，將床推回成沙發。

對她而言，最困難的在於無法擁有片刻的安靜。沒有那點寧靜，她就聽不見任何東西，無法理解祂要導引她前往何處，於是便會陷入迷惘。她很早起床，但才剛打開水龍頭洗臉，阿迪娜便也醒了。夜裡，她可以聽到阿迪娜臥房裡傳來的沉重呼吸聲。她變得更加不安。就算她想逃離這樣的環境也沒有辦法。其他看護在夜晚的社交生活極為熱鬧，伊蜜莉亞只要一離開阿迪娜的房間，就會在走廊和電梯裡遇到其他人，院子裡更四處坐落整群的看護，不停呼喊著要她加入。第二難熬的是味道。安養中心的氣味跟她父親家裡的老人味不同，也跟尼鴻還有埃絲黛家裡的不一樣。現在，安養中心的那股氣味完全吞噬了她的生活，令她幾近窒息。

只有在星期天，伊蜜莉亞才記得自己仍在尋索。海娃不情願地給了她四小時的自由時間，她會走路去雅弗港，在彌撒開始前便早早抵達，在最前排的長椅上等待塔迪伍施。當他走進禮拜堂，第一個見到的就是伊蜜莉亞，禱告結束後，便會邀請她到司鐸室。她變得愈來愈憔悴，當他問她有沒有好好吃東西，她卻會說有。她並不隱藏內心的痛苦，但那痛苦在談話之中會有各種不同的名字。她向他提到尋索之旅、問到自己的迷惑；塔迪伍施說人生中本來就有迷惘的時期，可能幾週、幾個月，甚至幾年，身處其中感覺除了無意義的受苦之外一無所有，但我們常會在事後發現，那其實是一段準備期，是成熟的過程。

伊蜜莉亞說道理她懂，但身在安養中心的時候卻很難讓自己相信。塔迪伍施解釋，正因為那地方對她來說最難忍受，所以她更應該待在那裡。他提醒她，神之子也曾因為受到撒旦試探而在沙漠中待了四十天未進食，後來祂便開始傳播神示。為了提振伊蜜莉亞的精神，塔迪伍施問她習慣讀什麼語言，答應之後要送她一本《新約》。不過，同時他也問到她是不是該請仲介幫忙找另外一份工作，或者有沒有跟家人聯絡。他好年輕，她看著他光滑的臉龐，常想著要是自己有兒子可能就會長這個樣子。他臉上的肌膚是金黃色的，彷彿塗了橄欖聖油。雖然年輕，但他說話時沉穩而自信，眼神令人安心。他告訴她：「我們每個人之所以到達某處，都是因為有各自的目標。妳在遇見我之前就已經明白這點，所以才會來到這裡，主動和我說話。我能夠做的，與其說是協助妳找到目標，不如說是陪著妳走過一段路。只要妳有耐心，而且勇敢，我確定妳一定能尋得那個目標。」

在吉爾打來之前，她都沒再想到之前的會面。連見到尼鴻的次數都變少了，因為她總是和阿迪娜待在家裡，而尼鴻通常只在她獨處時才會現身。

吉爾在某個星期二晚上打給她，那時剛過九點，時間點很不尋常。阿迪娜已經睡了，伊蜜莉亞才剛鋪好床。她壓低聲音接起電話，拿著手機到房外走廊。

吉爾向她問好，並為遲來的回覆道歉。他也抱歉地說他帶來的不算好消息。伊蜜莉亞一開始還想不起來他在說什麼，搬進安養中心完全改變了她的生活，幾乎把搬進來之前的生活都抹消了。吉爾說他還沒有放棄，不過目前看來，要在沒有仲介正式申請的情況下變更工作證似乎不太可能，如果伊蜜莉亞想要額外兼差，就得當黑工。她沒告訴他現在已經沒這個必要了——該怎麼開口呢？他都為她花了這麼多心力。她甚至問該付他多少費用，並希望自己湊得出這筆錢。

他說沒有必要付錢，因為事情並未辦成。

停頓了一會兒他又說，雖然還是有些微的希望能夠變更工作證，不過他想把上次留下的文件先還她，畢竟她可能需要用到。她提議等放假時的早上過去他辦公室一趟，但他說他現在就在巴特央，可以拿到她公寓。她繼續編謊，或許是希望他不會發現她早已轉為正職，而他的付出其實都是白費；也可能還因為別的原因。她沒說自己不住在公寓，早已搬進養護之家。他問能不能約她公寓樓下，這樣他就不必找車位，她說可以，不過她現在不在家，回去需要半個小時。

日夜疊滿常規的生活少有偶發狀況，而這是意料外的事件，伊蜜莉亞還不了解其本質。

夜裡很冷，伊蜜莉亞在灰T恤外套上白色毛衣。離開房間前，阿迪娜再度醒來，叫著她的名字，不過伊蜜莉亞很快又將她哄睡。還是兼職的那幾週，她也會從安養中心走回公寓，此刻她再次踏上相同路線。之前買蔬菜水果和瓶裝水的雜貨店還開著，店員正在人行道上抽菸，而那間居家用品店已經打烊。大概是還沒有新住客，伊蜜莉亞喜歡倚坐的那個廚房窗戶緊閉著，公寓裡一片漆黑，不過樓上那一戶就有燈光，熟悉的聲音從中傳出。那個丈夫依然在和太太吵架，伊蜜莉亞都還記得。這一切明明是不久前的事，但現在已被安養中心痛苦的時光深深埋沒在記憶之中。

她的手機響起，同時間一輛大車在路邊停下。

伊蜜莉亞走向街邊，來到車窗前，吉爾那隻柔軟的手向她伸來。文件放在公事包裡，就躺在副駕駛座。他再次為無法變更工作證道歉，並重申他還沒放棄。他問伊蜜莉亞最近有沒有跟他母親聯絡。伊蜜莉亞對於沒有打給埃絲黛感到愧疚，於是問吉爾她的近況。他開始說起埃絲黛最近過得不太好，不過馬上又停止了，因為他的車還停在大街上。他問伊蜜莉亞要不要去喝杯咖啡，於是她上了車。他拿走副駕椅子上的文件和公事包，讓她坐在前座。

伊蜜莉亞還得回到安養中心，不能丟阿迪娜一個人太久。

吉爾俯身把手伸到她腳下，告訴她怎麼調整椅背。他問附近哪裡有咖啡店，但她自從來到以色列後就沒進過咖啡店了。吉爾開了一小段路，途中繼續交代埃絲黛的近況，她現在幾乎足不出戶，本來的一場感冒惡化成肺炎。伊蜜莉亞很確定他想要她辭掉現在的工作，去照顧他媽媽。

咖啡店位在一條木棧道邊，店裡只有他們兩位客人。伊蜜莉亞向服務生點了咖啡，然後想起去赫馬干找吉爾，並在公車上遇見塔迪伍施的那天早上。她試著別讓心中的愉悅過於顯露，但有點難。吉爾用尼鴻的眼睛看著她，那緩慢的動作和坐姿也都屬於他父親。伊蜜莉亞很確定他會問她能不能去照顧埃絲黛——他們之所以彼此對坐在此就是為了這個原因，不會有別的了。她已經開始想像回到那個小房間，把行李放到窄床底下，但過了一會兒，她發現這場對話其實是為了別的理由。

伊蜜莉亞問起吉爾的太太和女兒，他沒回答。或許他正在考慮應該說到什麼程度；雖然這個中年女子曾經是他父親的看護，但他們兩人在今晚以前幾乎不曾聊過。接著，彷彿判斷可以向她訴苦似地，他開始坦承最近的生活其實也很難熬。他請伊蜜莉亞不要告訴埃絲黛，然後解釋他和太太正在協議離婚。

其實離婚計畫已久，只是因為尼鴻生病和離世而不斷拖延。現在他們決定沒必要再等下去了。「我不知道妳有沒有結過婚，如果有的話，我想妳應該懂。我們已經到了沒辦法再繼續走下去的地步。」吉爾說他在本來的房子附近另外租了公寓，得整理一下好搬進去，屆時女兒們也會在兩個家之間來往，並問伊蜜莉亞認不認識能夠打掃租賃公寓和幫忙布置的人。她很確定他希望由她來做，便說自己可以幫忙，不過他說其實不是這個意思，使得她有些訝異。

伊蜜莉亞要自己壓下失望的心情。她重申很樂意幫他打掃公寓，不過只能在星期天。如果海娃答應讓她早點離開安養中心，她在去教堂之前就有時間先幫吉爾打掃。

「最重要的是，如果妳有機會和我媽聯絡的話，請妳不要告訴她。她最不需要的就是為這種事操心。她最近已經不太好過了，我們不想讓她不高興。」他補充道。

伊蜜莉亞說她差不多得離開了，但還是沒說要回去安養中心。他們開車回公寓，他在貝爾福街讓她下車，伊蜜莉亞走進公寓那棟樓裡，等吉爾離開才回到陰暗的街上，走回安養中心。

回程途中，她收到他傳來的第一封簡訊。訊息用英文寫著：

伊蜜莉亞，真的很謝謝妳。很高興今天能碰到妳。剛才我又想了一下，這個星期天妳可以來嗎？

6

星期天剛過中午，她第一次來到吉爾的公寓。

伊蜜莉亞在貝爾福街上等他來接，就在他還以為是她公寓的那棟樓前。一想到要去打掃他家，伊蜜莉亞早上醒來時便高興不起來。她真的以為能去照顧埃絲黛，但他卻沒開口，想起這件事到現在還會感覺刺痛。不過開車來接她的吉爾面帶微笑、心情愉悅，見面就說很高興見到她並向她問好。伊蜜莉亞本來被阿迪娜還有海娃搞得情緒鬱悶，吉爾親切的態度算是轉換了她的心情；這天早上，海娃來接伊蜜莉亞的班，明確表示對於伊蜜莉亞每個星期天要休假很不高興。今天是伊蜜莉亞第二次坐吉爾的車，和他一起待在密閉空間讓她又想起尼鴻。

吉爾說他週末時去看了埃絲黛，告訴她兩人碰了面，埃絲黛要他轉達問候和想念。伊蜜莉亞很高興他們有所聯繫。吉爾說他鼓勵母親出門，她答應會重拾游泳的習慣。他說母親很想念伊蜜莉亞，想知道她會不會也懷念住了兩年的地方，伊蜜莉亞說當然想。因為埃絲黛不曉得離婚的事，吉爾暫時也沒想要告訴她，於是就沒說伊蜜莉亞要來幫他打掃公寓。他沒有特別要伊蜜莉亞去拜訪或打電話給埃絲黛。停車後，伊蜜莉亞以為已經到了，便解開安全帶，但吉爾說：「還沒到。等一下，我得去買點妳要用的東西，馬上回來。」他拎著袋子回到車上，裡頭裝了地板和浴室清潔劑、抹布、橡膠手套和繩子；他請伊蜜莉亞把繩子掛到浴室窗戶下方外牆兩根突出的生鏽鐵條上，之後能夠晾衣服。重新上路後他說：「最後得請妳來做這件事，讓我有點過意不去。今天是妳休假，妳確定要這樣度過嗎？」不過伊蜜莉亞並不後悔，而當他們第一次走進那間公寓，她更確信自己是對的。

她第一眼就喜歡上那間公寓。

吉爾推開大門，打開客廳燈光，以希伯來文說：「就是這裡了。」他帶著她看過各個房間，說他不到兩個星期前才開始在這裡過夜，在那之前屋子好幾個月沒人居住。前任房客留了一些東西還沒清理完，他只大致清過馬桶、浴室跟睡過的那間，除此之外還沒時間好好整理；一方面是他工作時間長，常出國出差，另一方面也是他不曉得怎麼把曾經屬於別人的公寓變成自己的家。這間公寓還有兩間小臥室，裡頭各放了成套的兒童床、書桌和雙門衣櫃，吉爾說諾婭和哈達絲之後每個星期會在這裡住三個晚上，這會是她們的房間。主臥室看起來像沒人睡過一樣——雙人床上包覆著藍色床單和毯子，散落著三個枕頭——客廳裡則放了沙發和咖啡桌，牆上掛有電視。所有房間的牆面都空蕩蕩的。

「這裡看起來不像家，但還算有點潛力吧？」兩人走回客廳時他這麼說，隨後便留下伊蜜莉亞，消失在其中一間房。他提著水桶和拖把回來，問伊蜜莉亞判斷需要多久時間。

他離開後，伊蜜莉亞四處巡視，打開百葉窗和窗戶，讓空氣和光線透進。空氣涼暖參半，光線明亮。春日的陽光。過了這麼久，她終於能獨處了。

她在浴室裡脫去牛仔褲和T恤，換上用塑膠袋帶來的運動褲和紅色長袖運動衫。她最後一次穿這套衣服是在打掃巴特央那間一房一廳公寓並整理行李的時候，當時的味道還留在衣服上。吉爾的公寓也勾起她其他回憶，例如她父母的房子。父親死後，她把東西都整理掉，好讓新住戶能夠搬進來。當時接手的人是個音樂老師。而那兩間放了兒童床的長型小臥房，則讓伊蜜莉亞想起她在尼鴻家裡的房間和她小時候住的房間，只是小時候住的那間沒有窗戶。她想到即將入住的諾婭和哈達絲，她們將會在兩個家中都擁有屬於自己的房間，她試著想像房間擺滿她們的東西並掛上照片和鏡子後，看起來會是什麼樣子。她很久沒看過年輕女孩的房間了。好一段時間以來，她都和死亡纏身的人在同個房間裡度過，要不就是沒有一絲生氣的空蕩空間。

雖然吉爾沒要求，她還是打開了女孩們房間的衣櫃，裡頭空空如也。她仔細清理乾淨衣櫃，先用撣子除塵，再用溼抹布擦拭；她在陽台的雜物櫃裡找到一只黃色的碗，裝水後拿來擰抹布。她在女孩們房間花了最久的時間，彷彿那兩間房將會是她的。接著她轉向主臥房，抖開裡面的毯子和枕頭，並放到窗台上曬。窗台俯瞰著底下的小院子，一瞬間（就那一瞬間，且是那天的第一次），伊蜜莉亞覺得看見了尼鴻坐在某棵樹的樹蔭下，就像當他還在時，兩人會一起同坐那樣。整片的衣櫃占據了主臥室一邊牆面，令她想起父母臥室裡也是這樣，打開衣櫃時都有股強烈的樟腦丸氣味，櫃體也都是用輕薄的木材組成。衣櫃裡放了幾件摺好的上衣，掛著兩件長褲，其中一個抽屜裡有幾件內褲和襪子。最底層的抽屜本該放鞋子，不過伊蜜莉亞在裡頭找到一個塑膠袋，裝著幾百枚外國的硬幣、兩支筆、幾本外表陳舊的筆記和一個檔案夾；檔案夾裡有三張報紙，兩張是希伯來文，一張是其他語言。她不曉得這些東西屬於吉爾，還是前任房客忘記帶走。她從抽屜拿出這些東西，撣去灰塵，發現三張報紙上都有同一名女人的照片，差不多和她同樣年紀或者年輕一點，她將報紙、筆、筆記還有那袋外幣都擺在臥室門邊地上，如果吉爾說不是他的，就可以丟了。

她的手機在廚房響起。吉爾傳來簡訊：「如果要我提早去接的話再跟我說，我就在附近。」然後她覺得聽到大門關上的聲音，便走去客廳看，但沒人進來。她意識到應該是隔壁公寓的門聲。臨近傍晚，天上有些陰雲，晚點可能會下雨，於是她清洗完整間公寓的地板後便關起百葉窗和窗戶，此時將近四點半。她只將吉爾房間的窗戶稍稍留下一點空隙，讓逐漸消褪的陽光篩過百葉窗格後落在床上。

吉爾回來後，看到公寓變得如此乾淨，顯得有些驚喜——伊蜜莉亞可以從他臉上看得出來。

他走進女孩們和他的臥房，對整潔如新的地板和家具敬佩不已。不過當看到伊蜜莉亞留在門邊的垃圾以及一旁從他房間抽屜裡找到的東西，他的眼神一時沉了下來，令她覺得應該別去開那些衣櫃和抽屜。她解釋，因為不確定東西屬於他還是前任住客，所以就先丟在一旁。他說是以前住戶留下來的，不過他把東西又拿回房間，說他晚點再好好整理，該丟時會丟掉。

他開車送伊蜜莉亞到雅弗。

車程中，他問她有沒有吃午餐，她說沒有，他便提議去找間餐廳，不過伊蜜莉亞表示她不能遲到。吉爾說下次他早點去接她，而那是他第一次暗示希望她再來。

他將車子停在某個擠滿遊客的廣場上，氣氛些許尷尬。他問該付她多少，但伊蜜莉亞也不曉得。他說：「一小時五十謝克爾應該可以吧？我付妳五個小時。妳回去可以問問現在行情大概多少，下次來再調整。我也會去打聽一下。」他拿現金給她，三張百鈔，又說：「我比較在乎的是，希望妳沒有後悔接下這工作。」伊蜜莉亞迅速把錢收進口袋，既沒數也沒找零，彷彿那錢是她不該得的，或者不希望任何人看到她收下這筆款項。那些鈔票因為口袋裡的溼氣而皺成一團，彌撒結束後，她便把吉爾給的所有錢都投進現場傳遞的捐獻籃裡，當時覺得塔迪伍施應該有看見她這麼做。不過後來進到司鐸室時，塔迪伍施並沒有提起，只是問她好嗎、這週過得怎樣，而她也決定先暫時別提自己的想法；她有種感覺，這天就是她抵達祂所指引之處的日子，這趟漫長的等待和尋索之旅或許很快就會結束。不過，她仍鼓起勇氣告訴塔迪伍施她能看到尼鴻，而年輕的司鐸向她投以理解的眼神。

「因為妳真的很想他，對吧？其他人大概也都會這樣。」他說。

「是沒錯，不過我會看見他也是因為徵兆，因為他有事想告訴我。」她為自己接下來的天真感到震驚，她問他：「你覺得可能嗎？就是他真的就在那裡？」

塔迪伍施說他很願意和她討論另一個世界，但今天時機不適合；那會是一場漫長的討論，雙方都必須準備好。他問她在安養中心的生活有沒有稍微好一點，而她沒來由地說了「有」。不過，當她回到阿迪娜的公寓時，確實覺得多了一點安全感，彷彿在吉爾公寓打掃的那幾小時讓她釐清了生命中某種重要的東西，或者找回了一部分的自己。現在的她更能忍受海娃因為她遲到而露出的憤怒表情，以及睡在沙發床上的生活。阿迪娜在半夜大叫著醒來，伊蜜莉亞便陪在寢側好一段時間，用自己的手搓暖老太太的手指，直到她再次冷靜。

再次前往吉爾公寓前，她拉出放在陽台上的紙箱並拿出那條繡花桌布，打算將其他幾樣東西帶到吉爾家，擺設在餐廳裡。

7

春天突然降臨，四十天的大齋期來到尾聲。早晨氣溫沁涼，但午後陽光便會斟滿阿迪娜的住處。伊蜜莉亞到陽台曬床單時，看到海灘出現了第一批泳客。

彌撒也變得更加嚴肅、更長。現在，神之子曾經歷的命運更常體現在禮拜廳和信徒的心中，很快地，受難、折磨、短暫死去和復活的時刻也將接連來臨。塔迪伍施敦促伊蜜莉亞要在聖週[6]開始前進行告解，這樣才能領取聖餐，不過伊蜜莉亞拒絕了，因為有些事情是她無法懺悔的。她僅僅迂迴地向塔迪伍施暗示她已找到了目標和道路，她的尋索之旅應該已經結束。

＊

6　聖週（Holy Week）也稱受難週（Passion Week），大齋期的最後一週，也是復活節前一週。

每週日，吉爾會在中午前到貝爾福街接她，驅車前往公寓。車程中，他會告訴她母親的近況和他離婚的進度。埃絲黛的情況並未好轉，憂鬱開始影響她的健康，很快就會需要全職看護照顧。尼鴻離世讓她感到悲痛和孤獨，幾乎足不出戶，連日用品都不去買。伊蜜莉亞為埃絲黛感到不捨，卻不敢告訴吉爾想去照顧她，仍希望由吉爾主動開口。埃絲黛的健康狀況更讓吉爾無法說出離婚的事實。離婚協議已經簽好，財產也已經分了。太太賺得比較少，吉爾便把大部分資產都給了她，還會支付高額贍養費，讓她能維持相當品質的生活。諾婭和哈達絲的監護權歸屬也確定了，只要兩個女兒調適好心態，他的房子也準備完善，她們很快就會開始住在他家。在那之前，他會繼續一個人睡在那間寬敞、空蕩的公寓裡。

在這些對話中，伊蜜莉亞通常不會說什麼，就是聽。她會聆聽事物的語言。

吉爾解釋女兒之所以需要時間，是因為她們比兩個大人更難接受離婚。不過她們曾去看過一次吉爾的公寓，兩個人都說很喜歡那個地方。「最終來說，這樣的安排對她們還是好的。」他說。

自從吉爾搬去，公寓就開始充滿生命的氣息。但他的東西真的很少，乾淨的冰箱裡只有牛奶、奶油乳酪和一罐開瓶的紅酒，浴室裡則是洗髮精、沐浴乳、刮鬍泡和一把新的刮鬍刀。

伊蜜莉亞打開整個冬天都放在阿迪娜陽台的紙箱，把麵包籃放在吉爾的餐桌，將銅鈴掛在臥室窗上；扇戶俯瞰著花園中的兩棵樹，伊蜜莉亞第一次來的時候，就是在這裡看到尼鴻。吉爾注意到伊蜜莉亞的擺設，於是向她道謝並希望負擔費用，不過她拒絕了。她解釋這些東西當初是為了自己買的，但現在用不到了，因為她應該很快就得離開租屋處，搬去和她在安養中心照顧的老太太一起住。

吉爾問她難道不想繼續自己住，她說當然想，但她沒有選擇。他問了她的經濟狀況，並問她是否需要更多錢。他還是沒有提起回去照顧埃絲黛或是搬進他公寓是否可能，不過他告訴伊蜜莉亞，如果需要任何幫忙都儘管開口：「妳需要匯錢回家嗎？」她說不必。

「如果需要的話就跟我說，伊蜜莉亞，我很樂意幫忙。」

他曾在伊蜜莉亞打掃時留下來幾次，其他時候則去辦公室開臨時會議，結束後帶著塑膠盒裝的午餐提早回來，和她一起吃，可能是炸肉排配馬鈴薯和豌豆，或是泰國菜（但對伊蜜莉亞來說太辣了）。吉爾負責設桌，同時伊蜜莉亞會從工作服換回乾淨衣服；她最近在雅弗買了一件藍色牛仔褲和白襯衫。

他會盯著伊蜜莉亞。在安養中心時她仍除了蔬果之外什麼都不吃，頂多偶爾吃點蘋果，不過在他家時就會吃其他東西。因為他看著，所以她嚼得很慢，不斷意識到自己的嘴部動作。某次吃飯時，他說最近開始上健身房，也會去騎自行車。他重新活過來了，就像這間公寓。每次聊天，他便更常提起尼鴻的死亡，也會談到那件事如何改變了他。伊蜜莉亞渴求般地聽著，不只是因為他說的話勾起她對尼鴻的回憶，而因為感覺那些話不只是在說吉爾的經歷，也在說她以及她猝死的父親。

他問伊蜜莉亞要不要來杯紅酒配餐，問第二遍時她答應了。當時她想著，畢竟都打掃好了。她很久沒喝酒，紅酒很快發揮酒力，一陣暖意傳遍全身，她感覺赤腳底下踩著的地板冰冰涼涼。她從來不愛酒，而他們的對話令她摸不著頭緒。吉爾看著伊蜜莉亞的脖子和暈紅雙頰，輕聲問她話怎麼這麼少。他問她在以色列孤不孤單、會不會想家，她說之前和尼鴻、埃絲黛一起住時並不覺得，但現在會了。

「對妳來說哪裡才是家？這裡現在是妳的家嗎？還是以前那裡？」他問，而她沒回答。當他問到她是否結過婚，她滿臉緋紅，又喝了一口酒後才回答沒有。她沒提及很多年以前曾有場幾乎要辦成的婚禮，只是最終以心碎和只懷了七個半月的胎兒收場。

吃完飯，吉爾負責洗碗，伊蜜莉亞清理桌面。整間公寓被穿進百葉窗的西斜陽光塗滿，並散發一種檸檬香的乾淨味道。

吉爾說他非常感謝伊蜜莉亞，要是沒有她，他絕對沒辦法給諾婭和哈達絲一個像樣的家。他覺得是伊蜜莉亞幫助了他，讓他能夠開始新的生活，他也愈來愈能理解為什麼尼鴻這麼依賴她。聽到這些話，伊蜜莉亞想到仍未坦白已經搬進安養中心的事實，便覺得十分愧疚。

她說他不必謝她。她相信每件事會發生都有原因，吉爾說他也這麼認為。她的臉色因為他的微笑而起了變化。他第一次伸手接近她的臉，她閉上眼睛，努力別想起尼鴻的手。她曾在洗手槽中放滿熱水和些許嬰兒油，握著尼鴻的手按摩，軟化他的肌膚。她曾那麼細心地照顧他的指甲。

他的手指撫過她狹窄的前額、臉頰和下巴，向下至她的頸間。伊蜜莉亞將眼睛閉得更緊，但還是能知道尼鴻那雙黑色眼睛正看著他們，因為她早些時候才在客廳看到他。她想讓吉爾停下，因為他父親正在一旁看著，但沒辦法說出口。現在尼鴻幾乎隨時都在那裡，嘴巴開開，臉色灰白。她也想到塔迪伍施的手指，握著水瓶斟滿她的空杯的那些橄欖油色手指，以及彌撒時看見的神之子雕像上那又長又白的大理石手指。

吉爾的手指柔軟而緩慢地滑過她的衣服，伸進裡側，在她每一寸肌膚上徘徊，令所及之處變得敏感。他的手指爬上她的脖子，她第一次近距離在臉旁感受到他的鼻息，伊蜜莉亞試著去想其他事情；她必須找時間去看埃絲黛，也必須回安養中心照顧阿迪娜。當她這麼想，她的父親彷彿就著這兩種義務也跟著出現在她緊閉的雙眼中，彷彿她也必須照顧他，或至少獲得能夠照顧他的機會。

她在教堂外下車，吉爾丟出問句：「下個星期天見？」但其實他在週間便開始傳簡訊來，通常在晚上，可能九點、可能九點半，阿迪娜已經入睡。他會用希伯來文寫著：「可以見面嗎，伊蜜莉亞？我開始想妳的身體和妳身上的味道了。」而伊蜜莉亞有時會以希伯來文回覆「半小時後可以」，因為她需要時間換裝、擦粉，並走到貝爾福街。

伊蜜莉亞的時間有限。

她得先確定阿迪娜已經熟睡，才能沖洗掉身上那股安養中心的味道。她會打開阿迪娜的珠寶盒（上了鎖的盒子藏在衣櫃深處，鑰匙就在阿迪娜床頭櫃抽屜），暫借一對耳環和沒有項墜的金鍊子。她暗自希望櫃檯接待人員認為她是要到公園和其他看護聊天，或者閒坐在木棧道上，並希望沒人會注意到她離開大樓走向貝爾福街，更別看見她在一或兩小時之後回來。她希望阿迪娜不會在她離開時又叫著她的名字醒來。

她和吉爾有時會去兩人第一次去的咖啡廳，有時則坐在吉爾的車裡，停在黑夜海灘旁的無人停車場。他的撫觸總有辦法帶著淫慾，但又同時那麼緩慢。他會將眼神拉回來看著她的臉，一邊以柔軟的手指在她身體遊走，隔著衣服，從前額到大腿。

沒有其他車會開進這座停車場，當吉爾關掉大燈，他們便會完全陷入周圍的黑暗之中。

伊蜜莉亞解釋自己得回家了，隔天一早就得去阿迪娜的住處。而吉爾說：「再幾分鐘就好，這裡好安靜。」他打開一扇車窗聽海的聲音，又因為風冷而關上。

「和妳在一起的感覺很好，伊蜜莉亞。妳也有同樣的感覺嗎？就像我之前說的，覺得這是一段新生活的開始？我想要幫妳，也想要保護妳，讓妳能有安全感並感覺有個家，妳懂我的意思嗎？妳給了我這麼多，這是妳應得的。我想要照顧妳，在我身邊妳就不會有事，妳感覺到了嗎？」

8

伊蜜莉亞有時會思考她對吉爾的意義，想知道自己帶給他，或他從她身上獲得了什麼。她認為她是要幫助他打造一個家，幫助他在失去尼鴻和離婚後開始新的生活。她相信這就是尼鴻出現在公寓的原因，為了告訴她這就是她該走的路。有時——特別是打掃吉爾臥室時——她會想像早上一睜眼便能正對著那扇有樹景和銅鈴的窗，但想像那樣的畫面令她害羞，便又急著打消念頭，覺得不該這樣，不該一直想著自己。不過吉爾似乎也對他們之間發生的事感到內疚，會不斷問她這樣的發展到底好不好，如果不該這麼做，他會馬上停止。他會這麼說，然後道歉，但接著手又摸上她的臉。他不曉得，這就是他們之間應該發生的事。他再次告訴伊蜜莉亞，說想給她安全感，想讓她能夠覺得有個像家一樣的地方；他說想照顧她，而不是讓她受傷。伊蜜莉亞想起尼鴻死後，她花了好一陣子尋找新工作和住處，想起之前在租賃公寓裡等待徵兆的那些時光，那種令人喪失信心的絕望，那些從窗戶傳進來的路上行車和鄰居的聲音。後來她搬進安養中心，剩下阿迪娜衣櫃裡海娃所准許的三個格子，以及一張必須每晚拉開並鋪上舊床單的沙發床。當時的她等著祂指引方向，而祂將她引向了吉爾，但她現在還無法確定這是否只是必經路途中的一站。因此，她從來不主動傳訊息或打電話給吉爾——就只是讓吉爾打來、讓他負責安排；如果他不打來，她也不會等待。

每天晚上阿迪娜入睡後，伊蜜莉亞會繼續用尼鴻幫她做的筆記學習希伯來文，她認為這個語言愈來愈重要。這次跟以前不同，或許是她學習希伯來文的時機終於成熟，或者她時常見到的尼鴻幫了忙，她覺得那些形狀似乎變得清楚了些，也愈來愈熟悉字詞。她約略可以讀懂生活中一部分的希伯來文標示，可能是在安養中心、在公車上（而尼鴻就坐在她旁邊），或者是在居家用品店裡。要是遇到生字，她就把字的形狀畫進筆記本，再拿去問阿迪娜、吉爾或其他看護。每晚，她都至少會把一句完整的希伯來文句子抄進筆記，句子可能來自她在大廳找到的報紙或小冊子，或者是教堂傳單；那張傳單現在已經成為她塑膠袋裡恆常存在的東西。她在筆記上緩慢、工整地畫下：「約帕有個女徒，名叫大比大，翻希利尼話就是多加（就是羚羊的意思）；她廣行善事，多施賙濟[7]。」一段記憶突然浮現：餐桌上，還是孩子的她和父親一起在藍色的筆記本上畫著字母。但那畫面又迅速消逝，彷彿不曾存在。她也會讀吉爾用希伯來文傳給她的那些簡訊，甚至也試著常用希伯來文的字母簡短回覆訊息。

吉爾的訊息可能會寫：「我常常想到妳，伊蜜莉亞。」或者：「看見一件襯衫，想買給妳。妳喜歡藍色嗎？」然後是：「抱歉我失聯了一陣子，伊蜜莉亞。今天晚上可以見面嗎？晚一點的話？」

阿迪娜和海娃都感覺得到伊蜜莉亞有某種轉變。每當星期天海娃來接班，都會問伊蜜莉亞要去哪裡、為什麼都穿不同的衣服，也會質問她是不是曾在晚上偷跑出去，丟阿迪娜獨自在家。伊蜜莉亞回答她很少這麼做，頂多有時候去花園呼吸新鮮

7 這段文字出自新約使徒行傳9:36，約帕（Joppa）是雅弗的古代舊名，希利尼指的是希臘。

空氣，順便和其他看護聊天，但都很快就回來了。伊蜜莉亞覺得，現在最好的狀況可能是讓海娃抓到她偷跑出門，被開除，這樣她就能去找新住處。

她對塔迪伍施的口風確實鬆了些。塔迪伍施會問到吉爾的工作、何時離婚以及有幾個小孩等等，而伊蜜莉亞會告訴他吉爾的喪父之痛，訴說那座公寓如何重新充滿生機、兩個女兒的房間如何布置，以及吉爾慷慨地給了前妻多少錢。當然，她沒有吐露兩人之間發生的情事，不過暗示了她和吉爾的相遇並非只是巧合，而是她生命中很重要的部分。她想起和塔迪伍施第一次談話時，年輕的司鐸曾說我們時常無法確定自己是否走在祂所安排的道路上，但會有某些短暫的清晰片刻，她覺得他說得很對。那次他還說祂總會引導我們去幫助其他人，這在在證明了她正走在正確的道路上。

塔迪伍施問吉爾待她如何、是否有付她工資，他注意到伊蜜莉亞在捐獻籃裡留了大額現金，便問她是否真的能夠負擔。她說可以，但塔迪伍施要她下次少放一點。她從他表情中感覺到一絲懷疑或非難，令她想起海娃，於是決定以後別跟塔迪伍施說這麼多。這次談話，他的語氣也和往常不同。當聽到他問起打掃時吉爾是否也總是待在公寓裡，伊蜜莉亞就決定不再和塔迪伍施透露這些事情，因為她發覺即便自己沒有那個意思，她仍會顯得防衛。她回答，吉爾工作很忙，不一定都會在場；但事實是，她上次去打掃時是吉爾唯一一次不在場的時候。

那天是復活節前兩週的苦難主日[8]。

吉爾在星期四傳來簡訊，表示忘記交代他星期天會出差，所以她那週不必打掃。不過伊蜜莉亞回訊說她可以搭公車去。他回答：「那太好了。下星期我回來之後一定要去找妳，可以嗎？」

吉爾在公寓外的總電源箱裡留了一把鑰匙。這天伊蜜莉亞打掃得特別認真，尤其是廚房、浴室和那兩間小臥房，因為她知道吉爾兩個女兒會在下星期第一次來公寓過夜。孩子的衣櫃還是空的，但公寓其他地方已經比較有生氣了。伊蜜莉亞知道

8 Passion Sunday，又稱基督苦難主日，是大齋期的第五個星期天。第六個主日為聖週開始，第七個主日就是復活節。

吉爾隔天就會回家，她在居家用品店買了幾個五顏六色的坐墊放在客廳沙發，一邊整理一邊想像吉爾走進屋子打開客廳電燈時的表情。他房間的衣櫃還是沒掛滿——他一定是把大部分衣服都帶著去出差了。在衣櫃最底下的抽屜，她發現自己第一次來時找到的那些東西都還在——檔案夾、筆記本、印著某個女人相片的舊報紙——吉爾沒扔掉，反而又收回原位。伊蜜莉亞由此得知這些物品屬於吉爾，而不是前任房客。她試著閱讀女人相片上方用希伯來文寫的報紙標題，但讀到最後兩個字就停了下來，因為她不懂那是什麼意思——「以色列女子自殺」——她轉而去看那些幾乎一模一樣的相片。她想先暫時借走一張，打算回到安養中心再仔細閱讀那個女人的故事，便把其中一份報紙塞進塑膠袋裡，接著繼續把床單晾在她最喜歡的那個窗台上。相片裡的女人勾起了伊蜜莉亞的好奇心，因為那個女人和吉爾有關，或者確切來說是吉爾和她有關，所以伊蜜莉亞想繼續讀報導。她知道那不是吉爾的前妻，她曾在尼鴻和埃絲黛家看過她。一想到吉爾和照片中的女子有某種關聯，伊蜜莉亞有些被嚇到，同時又讓她更想知道那個女人的事，不過她一直告誡自己不能有這種想法。她提醒自己，她來到此處是為了幫助吉爾，不是為了自己。雖然覺得就這樣借走報紙似乎不太好，但她還是沒將報紙從袋子裡拿出來。

門鈴響了，伊蜜莉亞非常訝異，因為吉爾應該還沒回來。她待在臥室沒去管，但門鈴再次響起，於是她走到門邊透過貓眼向外看。門外站著一個深色短髮的年輕女子，而且她顯然知道伊蜜莉亞在屋內，因為她又按了一次門鈴。伊蜜莉亞打開門，女子先是為打擾到伊蜜莉亞而道歉，然後表示她是對門的住戶，她看到伊蜜莉亞來打掃，想知道伊蜜莉亞今天或其他時候能不能也打掃另一間。

伊蜜莉亞假裝聽不懂希伯來文，直到女子用英語重複一次，她才回答：「不確定。今天不行，也許下個星期。」年輕女子態度頗為好奇，伊蜜莉亞認為她不只想找清潔工，而是想看吉爾家裡長什麼樣子。因為幾分鐘前才在看報紙上那個女人的臉，所以她一瞬間以為這個鄰居搞不好就是那個人，但最後發現不是。女人離開之前問伊蜜莉亞：「請問妳叫什麼名字？」接著她又用英文說：「我叫雅娥，很高興認識妳，真的很希望妳也能幫我們家打掃。能不能告訴我一個小時大概多少？還是說費用是照公寓大小去算？」

吉爾在隔天晚上回來，傳了簡訊給伊蜜莉亞：

可以碰面嗎？

車子停在木棧道旁，兩人坐在車裡，他沒提到客廳的新坐墊，也沒提到公寓有多乾淨，但給了伊蜜莉亞幾瓶他出差時買的香水，包裝紙色彩繽紛，還綁著藍色緞帶。他要她打開包裝，噴一點在身上，然後靠到她頸邊聞；她不喜歡那個味道，酒精味太重。他還買了一條綠色絲巾，相對來說她喜歡多了，便隨手披在肩上秀給他看。他問阿迪娜這幾天狀況如何，然後問伊蜜莉亞知不知道什麼時候得搬去和她一起住。他為自己這天晚上的粗魯道歉。他告訴伊蜜莉亞：「出國這幾天我常常想到妳。」

他說有個不錯的提議：他在逾越節期間還要出差，希望伊蜜莉亞和他同行。這件事不必告訴其他人，和他的女兒或任何人都無關，他們兩個可以好好地享受一小段旅行，甚至去兩天或三天。他趁出差時仔細想過了，知道他們可以去哪裡。

伊蜜莉亞不願意。吉爾便問她：「伊蜜莉亞，妳有多久沒休假了？我不是說兩個小時的那種，而是真的好好放鬆幾天。」

她想不起來上次真的這樣放鬆是什麼時候。

「還有，妳上次回家是什麼時候？」他又說道。而她不解地看著他。

吉爾解釋這次出差是要去布加勒斯特，他想在工作結束後帶她去里加。一想到搭著飛機降落在里加機場，她便同時感到恐懼和驚喜。此時，他第一次提出要去伊蜜莉亞的住處，接著便因為遭到拒絕而沮喪。她別無選擇，只能再次編謊，說阿迪娜生病了，這天晚上她得住在安養中心照顧。

9

不久後的某天晚上，伊蜜莉亞作了場夢。夢中她正在打掃父母的家，迎接他們從漫長的旅程中歸來。她鋪了床，床單上如童年記憶一般有著灰鸛飛過雲層的圖案。她撣去熟悉家具上的灰塵，然後慢慢畫了張標語，上面以正楷寫著「歡迎回家」。她煮了晚餐。他們三人就要在相隔許久之後再次相見，伊蜜莉亞必須告訴他們她懷孕了，而且這次會保住孩子。即使在夢中，她也很清楚自己沒辦法再懷孕了，只是夢的邏輯並不受控制。

門鈴響時，伊蜜莉亞確信是父母提早抵達，於是趕著去開門，卻發現門廊上站著一名長得像吉爾鄰居的女人，留著深色短髮，同時又覺得她像是報紙照片中那名叫歐娜的女人。鄰居問伊蜜莉亞能不能也幫忙打掃她的公寓，伊蜜莉亞不確定該怎麼回答。她知道父母隨時都會回來，沒有時間同時打掃兩個地方，但女人的語氣和眼神懇求地如此真摯，她實在很難拒絕。「拜託，妳要多少我都願意付。」女人對伊蜜莉亞說。「我真的需要妳幫忙。」夢中的尼鴻也出現在她父母在里加的家中——伊蜜莉亞確定他在，因為即使在睡夢中她也能感覺到他的存在。她睜開眼睛，發現他並未消失，還在安養中心的公寓裡，就在沙發床邊。

伊蜜莉亞一醒來，立刻明白了為什麼會有這場夢境。

吉爾後來就都沒再提起要與伊蜜莉亞一起出差，她告訴自己他一定是改變了主意，但她的想像力已經越過邏輯的屏障，帶著她飛往里加的方向。

吉爾要求和她再次見面。那個星期第二次碰面時，他完全沒提到這件事，而伊蜜莉亞忍不住問他什麼時候要出發。她試著問得自然一點，彷彿只是要知道她什麼時候要去公寓打掃。但他並未回答。

他們先去平常那間咖啡店，然後又去了木棧道旁的黑暗停車場。

吉爾向她道歉，說他還沒確定能不能延長出差天數以便帶她同行。她看得出他在猶豫，甚至可能放棄這個念頭。雖然他說是工作的緣故才無法確定，但她確信真正的原因是他在擔心，也許擔心這會讓她覺得兩人的關係太過認真，或者他覺得被看到和她在一起會很丟臉。那晚稍早，為了讓吉爾高興，伊蜜莉亞在頸間和手腕上噴了他買的香水，刺鼻的味道在安養中心的電梯裡瀰漫徘徊了好幾分鐘才散去。她穿了裙子，還戴上阿迪娜珠寶盒裡借來的珍珠耳環。他們最終沒討論到出差，伊蜜莉亞盡量不顯得受傷或失望，但顯然並不成功，因為就在吉爾讓她在貝爾福街下車後的幾分鐘，當她正走在回安養中心的路上，她連續收到好幾封他寄來的簡訊：「如果我幫妳買機票的話，妳會跟我去嗎？」「那我們就走吧。」最後是：「妳能不能去問問，接下來兩週有沒有辦法放幾天假？」

伊蜜莉亞其實對出差的事有所遲疑，但答應會去問問能不能放假。海娃不太情願，她問：「為什麼需要放假？妳才剛做三個月而已不是嗎？已經累了嗎？」她說現在的時機不適合，而且伊蜜莉亞太晚才問，逾越節前的這段日子他們會很忙，她和家人也早就計畫要在連假期間去旅行。

「所以妳到底要去哪裡？」她問。伊蜜莉亞沒有馬上回答，也沒告訴海娃，吉爾最後一次在電話中對她說的那些話。他說想去看她出生長大的地方，問她有沒有特別想在哪裡停留過夜，還問她有沒有想讓誰知道自己會回去。

海娃的反應有些奇怪，伊蜜莉亞覺得兩人之間的關係因此變得緊繃。那個週末，海娃突襲檢查了兩次，沒有事前告知，也不是她以往會出現的時間點。她還是沒有答應或拒絕，聲稱必須和她老公梅爾討論。她再次問伊蜜莉亞為什麼這麼晚才提、什麼事這麼緊急、確切要去幾天，還有能不能把行程延到夏天。

伊蜜莉亞可以要求吉爾延後這趟旅行，但她不想，因為她很確定到時他就會改變心意。最近幾天她感覺他似乎在生她的氣。他的眼神不再那麼溫柔，手指也冰冷僵硬。他看起來有所疑心。

受難日[9]那晚，海娃很晚的時候突然跑來，阿迪娜當時已經睡了。她用鑰匙開門進來，也沒敲門。吉爾那天晚上沒有聯絡，所以伊蜜莉亞在家，她穿著睡衣，洗完澡頭髮仍是溼的，坐在陽台的塑膠椅上看向海面。海娃甚至懶得解釋為什麼這麼晚要過來，也沒去房間看她媽媽。她們兩人壓低了聲音在陽台上討論放假的事。伊蜜莉亞不想說謊，但也沒辦法透露細節，於是辯說她想回里加探望家人。

9　Good Friday，又稱黑色星期五（Black Friday），復活節前的週五，也就是耶穌被釘死在十字架上那天。

伊蜜莉亞非常清楚，對於可能有機會回家，她心裡的激動要比她願意承認的多上許多。不只是因為那場夢，更因為這樣就不必再照顧阿迪娜，可以遠離那座安養中心，還能睡在飯店鋪好的床上，而不只是狹小客廳裡的沙發床。即使這時吉爾還沒確定最終能夠成行，海娃也還沒准假，伊蜜莉亞已開始計畫要打包哪些衣服，查起里加的天氣預報。她有件羊毛襯裡的灰色外套，來了以色列後一次都沒穿過。

最後一次和塔迪伍施碰面時，他的批判語氣令她決定不再和他談論自己的生活，但這時她實在必須和人分享這份激動，因此非常期待星期天能和他說話的時刻。她知道要是塔迪伍施抱有疑議，會怎麼回答他提出的所有問題，也知道會如何解釋她為什麼想要去這一趟。塔迪伍施知道吉爾和尼鴻的事，他是唯一一個能讓伊蜜莉亞說出這趟旅行將會和誰同行的對象，但她還沒決定該照實交代還是隱瞞。她還是有些不願相信這趟行程最終會成行，特別是吉爾整個週末銷聲匿跡，沒傳來任何簡訊。星期天，當他的車沒出現在貝爾福街時，她便確定他已經改變心意，只是不曉得該如何告訴她。

伊蜜莉亞進到居家用品店等他，從櫥窗裡向外窺視，想知道他來了沒有。店員問她還好嗎，而伊蜜莉亞這次雖然皮包裡帶了不少錢，卻沒有買任何東西。半個多小時過去。她離開店裡，思考是否該回安養中心。她打給吉爾，但他沒接，於是她往市中心的方向走去。她被突然下起的雨淋溼；早上還風和日麗，所以她出門時既沒穿牛仔外套，也沒帶傘。在這幾個小時裡，她感覺自己又回到剛在安養中心工作、還沒認識吉爾時那樣迷惘，而且逐漸轉向恐懼。她不想回到安養中心，阿迪娜和海娃都在那等著。她再次打電話給吉爾，他依然沒接。她現在很確定他生氣了，但不確定自己做了什麼。是因為她從抽屜裡借走的報紙嗎？他是不是在她放回去前就發現了？自殺的女人叫歐娜，吉爾保存了三份有她照片的報紙，這令伊蜜莉亞意識到那是他非常親近的人，甚至因此有些嫉妒。

她到達教堂時，離彌撒開始還有半個多小時。前一場彌撒是以英語主持，參與的人數眾多令她感到訝異，洗禮池旁燃燒的蠟燭數量難以計數，焚燒的香氣異常濃烈。這天是聖枝主日，是聖週的第一天，也是耶穌基督終於進入耶路撒冷的日子，教堂比平常更擁擠。

英語彌撒結束後，菲律賓裔的信徒陸續離開禮拜廳，伊蜜莉亞走到前排，坐在以往常坐的位子，此時進來主持波蘭語彌撒的司鐸卻不是塔迪伍施。伊蜜莉亞不認識這位司鐸，他比塔迪伍施年長許多，也更高，膚色非常黝黑，髮色轉白，還戴著眼鏡。司鐸向信眾自我介紹，說他叫納西斯，他以溫柔的目光看著伊蜜莉亞，但她並未留到彌撒結束。她起身走向禮拜廳後面的司鐸室，塔迪伍施也不在裡面。她問其他人他在哪，他們說他回波蘭和家人過復活節了。塔迪伍施沒說一聲就離開，她幾乎有種被傷害的感覺。他是在給她某種暗示嗎？雖然他並不在場。還是他是在說，如果真的想和吉爾出國的話就該順從自己的意願？說起來塔迪伍施的確回家了，就像她也想回去自己的家。

但就在這幾個小時裡，恐懼變得更加強大。

晚上當伊蜜莉亞回到安養中心時，海娃正等著她。她告訴伊蜜莉亞，她和老公討論過了，伊蜜莉亞可以去度假，但要盡快告知日期。伊蜜莉亞向她道謝。雖然目前看來應該是不會成行了，她還是問海娃可以離開幾天，而海娃的回答令她訝異。海娃說要去幾天都可以，重點是要給出確切的日期，好讓她能夠調整自己的行程。

伊蜜莉亞沒打給吉爾，也沒傳簡訊，不過那天晚上他打來了。他為沒去接她道歉，解釋整天都在處理臨時的會議，再加上手機有點故障，沒辦法接她電話或回電。他的語氣冷淡，但仍能使她安心。吉爾問海娃准假了嗎，她回答准了。

他說：「真的？她答應讓妳放假了？知道確切日期了嗎？」伊蜜莉亞覺得他的聲音裡還是有些遲疑，甚至後悔。他隨後說晚點會再打給她。

他在午夜過後打來。伊蜜莉亞本來覺得他不願意，打算提議取消行程，但他在電話中的語氣又突然顯得確切起來，彷彿下定決心。他問她的護照號碼、生日，以及護照上的全名。

那晚他買了機票。

*

接下來幾天，伊蜜莉亞的生活變化速度之快，她完全來不及消化，無法理解到底發生了什麼事。

她比平常更長待在阿迪娜的身邊，因為海娃不再突然過來查勤；事實上，當伊蜜莉亞與她確定離開的日期後，海娃便消失得不見蹤影。整個星期，吉爾也沒有打來或傳訊息，彷彿他又再次改變心意。她打給他一次，他說那週的工作非常忙。伊蜜莉亞非常想念塔迪伍施。她還是得找人聊聊，便考慮去探望埃絲黛，但最後決定還是別去，她害怕無法隱瞞和吉爾的關係和旅行。吉爾曾再三要求她不要向別人提起旅行的事，尤其別告訴他母親。

她改為打給埃絲黛，但那通電話非常短暫，而且令她頗失望，充滿了沉默。可能是生了病，埃絲黛的聲音聽起來很困惑。一開始她聽不到伊蜜莉亞的聲音，便切斷電話，當伊蜜莉亞再打過去，埃絲黛才終於聽見她的名字。她的聲音很疲憊。她問伊蜜莉亞還在安養中心當看護嗎，伊蜜莉亞回答是。

「妳現在滿意那份工作嗎？他們對妳好嗎？」

她說伊蜜莉亞的希伯來文進步很多，而伊蜜莉亞以英語回答這都要感謝尼鴻，多虧了他當初的筆記。埃絲黛說：「很多事都要感謝尼鴻。沒有他的陪伴，要我獨自生活真的很不容易。」伊蜜莉亞再次自問，她是唯一能隨時看到尼鴻陪在身旁的人嗎？還是其實埃絲黛也看得到。

至於阿迪娜，或許是知道了伊蜜莉亞很快就要休假，有一陣子不會照顧她，兩人相處得頗為融洽。她們會一起到花園，讓午後的陽光照暖身體，或者在睡前，伊蜜莉亞會握著阿迪娜的手指，等她入睡。

吉爾以希伯來文傳來訊息：「伊蜜莉亞，妳都準備好了嗎？行李打包好了？」她有點不懂他的意思，先思考了一陣子，才以希伯來文回答：「我準備好了。」

吉爾預計會在星期天早上飛往羅馬尼亞。他得先在布加勒斯特待上整整兩天處理工作，等到星期二晚上，伊蜜莉亞才會飛過去和他碰面。她的班機下午四點從特拉維夫起飛，他們會在布加勒斯特待一天，然後飛到里加度過週末。

伊蜜莉亞大概曉得到了里加後要帶他去哪。第一個地方就是她父母的家，如果當初接手的音樂老師還住在那裡，她還想問能不能進去看看。

吉爾計畫在七點前到布加勒斯特機場接她。如果到時他的會議還沒結束，伊蜜莉亞會自行搭計程車到飯店，吉爾已經訂好房間。伊蜜莉亞將飯店地址抄進筆記。

星期五下午，趁著阿迪娜在睡覺，伊蜜莉亞悄悄地將行李箱從衣櫥拿出來，放在客廳地上。這時離吉爾出發還有兩天，離兩人碰頭還有四天。阿迪娜醒來後，看到地上的行李箱，便問伊蜜莉亞：「妳要離開嗎？」這時伊蜜莉亞才發現，海娃沒告訴阿迪娜她要放假。

她用手勢模仿飛機起飛的樣子，以希伯來文對阿迪娜說：「不是離開。我要出國。之後回來。」阿迪娜點頭。伊蜜莉亞不確定她到底聽懂了沒。

她的衣服摺疊成堆，散發出的洗衣粉味暫時壓過了老舊行李箱裡的汗味和塵埃味道。

隔天早上，星期六，她們醒來後不久，伊蜜莉亞還穿著睡衣，海娃便帶著丈夫梅爾還有兩個孩子過來。他們等伊蜜莉亞幫阿迪娜穿好衣服，海娃要孩子們帶阿迪娜到樓下大廳喝早茶，並要伊蜜莉亞留下，她和梅爾有話要說。

他們要她在客廳坐下，坐在還來不及恢復成沙發的床上，兩人另外從餐廳拉了兩張椅子坐在她對面。伊蜜莉亞連咖啡都還沒喝。他們表示，他們知道伊蜜莉亞一直在偷阿迪娜的錢和珠寶，而且計畫潛逃出國，如果伊蜜莉亞不立刻歸還偷走的財物，他們就馬上帶她上警局。

10

伊蜜莉亞看著自己打開阿迪娜臥室的衣櫃，並從阿迪娜藏錢的地方拿出珠寶盒以及小皮包。她把皮包放回去，用鑰匙打開珠寶盒，拿出一對珍珠耳環。她不曉得影片是什麼時候拍的、怎麼拍的，梅爾就只是直接拿出手機播放影片，沒多做解釋。影片沒有聲音，伊蜜莉亞耳邊唯一能聽到的是海娃的怒吼：「妳這婊子！這樣還敢說沒偷她的東西？膽子這麼大當著我們的面說謊！」她告訴伊蜜莉亞，他們還有其他片段。

梅爾則相對冷靜。他示意海娃不要再吼了，然後把手機放在桌上，對伊蜜莉亞說：「妳願意配合的話，這件事我們可以私下和解就好。付她五千謝克爾並歸還妳拿走的所有珠寶，我們就不必找警察來，這會是最簡單的方式。」海娃顯然比梅爾更生氣，至少看起來是這樣。她反對他的提議。梅爾一再要求她降低音量，但她照樣狂吼：「為什麼才五千？你怎麼知道這個賤人只拿了這個數字？再說你覺得她去哪裡籌這筆錢？嗯？」她威脅報警，說伊蜜莉亞虐待她媽媽。梅爾說：「不然妳要她付多少？一萬嗎？就算她真的還了一萬塊，妳就會放她走嗎？我覺得這件事最好的處理方式就是我們自己解決。」他補充道：「海娃，也許妳該聽聽她的講法？先聽她怎麼說吧。」

伊蜜莉亞沒有太多話可說。梅爾仔細聽了。她道歉、掉淚、強烈否認曾對阿迪娜動粗。他們怎麼能這麼說呢？她每晚坐在阿迪娜身邊，握著她的手直到她睡著。伊蜜莉亞解釋只是借了耳環跟項鍊，而且早已歸還首飾。珠寶盒裡的東西一樣不少，他們可以去問阿迪娜是否有東西不見。梅爾看起來相信她說的：「好，我們會跟她確認。」但海娃說：「你以為媽會記得自己有什麼沒有什麼嗎？她什麼都記不住！這樣是要怎麼確認？」至於錢，伊蜜莉亞發誓好幾個月沒有拿了。她堅稱只在剛開始工作的幾個星期裡拿過兩、三張百鈔，那時她得租房子，但兼職的薪水根本不夠付房租，她也想過一有錢就會還回去。她沒說的是，其實她早就有能力還錢了，只是每次皮包裡一有錢她便投進教堂的捐獻籃，或者拿去替吉爾的公寓買東西。

海娃再次大聲說：「妳現在是還在狡辯什麼？」她轉頭告訴梅爾：「她要解釋去

跟警察解釋，不用對我說。不就還好我們先把那裡面大部分的錢都拿出來了，不然天曉得會剩下多少。」梅爾再次對伊蜜莉亞說：「伊蜜莉亞，我要請妳不要和她爭論這件事，妳現在沒有資格和她討價還價。明天以前還她七千五百謝克爾，這件事就算解決。我會保證她不去報警，懂嗎？我跟妳說，我是站在妳這邊的，我不希望彼此任何一方把事情弄得複雜，懂嗎？海娃，妳有沒有在聽？她賠妳七千五，我們就不追究。然後，請把妳的護照和其他所有東西都留下來，付錢之後我們會還妳——不然就是到警察局領了，這個妳自己決定。」

伊蜜莉亞最後一次離開安養中心，那時剛過早上十一點，大廳裡滿是看護和老人及老人的家屬。她踏出電梯，快步穿過大廳，走出自動門。雖然包括前檯接待人員在內，沒有任何人特別注意她，伊蜜莉亞還是覺得他們一定都曉得幾分鐘前在七樓那間房裡的事。

伊蜜莉亞必須把行李都留在阿迪娜的公寓，並把護照和簽證文件交給海娃和梅爾。她用塑膠袋裝了幾件衣服，還有她的長皮包。她穿著灰色牛仔褲和灰色T恤，並用紅色太陽眼鏡遮住雙眼。那件牛仔夾克也被留在樓上。

伊蜜莉亞循著走過許多次的路線，從巴特央前往雅弗的教堂。今天路程走起來似乎更長，速度更慢。此時天色明亮，陽光炙熱而耀眼，每個迎面而來的路人都盯著她看。她不知道今晚該睡在哪，也不曉得要去哪裡找梅爾和海娃要求的錢。她沒有力氣再活下去了。她考慮天黑後回到安養中心，請其中一個看護收留一晚。現在的她只想離開以色列，回家。她害怕如果告訴吉爾這件事，他會認為她也在偷他的錢，甚至是埃絲黛和尼鴻的錢，但其實她根本連那樣的念頭都不曾有過。她不敢進教堂，於是在擠滿遊客的廣場上找了張長椅坐下。塔迪伍施不會出現，他還在波蘭的家人身邊，也幸好如此，因為此時的她沒辦法直視他的眼睛。她的皮膚因為恐懼和羞愧而灼燒。她所做的這些事並不值得被原諒，也永遠不會有原諒的一天。

吉爾在傍晚打給她，彷彿知道她有話要說。她還沒說出沒辦法出國前，他就能從她的聲音中聽出有事不對。

「發生了什麼事，伊蜜莉亞？可以告訴我嗎？」伊蜜莉亞沒有回答。他又再問了一次，她開始啜泣，完全停不下來。

她說海娃指控她偷錢和首飾，必須交出簽證文件。她還不起他們要求的賠償金，但如果明天下午沒拿出那筆錢，他們就會報警。吉爾安靜地聽著，問她人在哪、和誰在一起。當他說要去公寓找她時，她已經沒有說謊的必要了。她說自己沒有地方住，除了他之外也沒人能夠幫她。他問能不能在幾分鐘後打給她，但過了半個多小時才又回電。

太陽開始西斜，夜晚逐漸降臨。伊蜜莉亞的皮膚不再那麼燙了，心中的恐懼也在等待吉爾電話的期間稍微減輕。他保證會幫忙解決，一切都會沒事。他希望她完全照他的指示去做，先搭公車到他的公寓。她問怎麼不搭計程車，他說不想讓其他人看到她或和她攀談，搭公車比較沒那麼顯眼。週六晚上的公車幾乎是空的，伊蜜莉亞坐在後門旁靠窗的位子。她想起第一次搭公車去吉爾辦公室時在車上看到塔迪伍施，或許就是在剛才她上車的那一站，那時沒人讓座給他，於是他便站著。公車開得很快，沒有人坐在她旁邊。下車後，她知道應該先直走再右轉。寫有吉爾公寓地址的筆記本還在阿迪娜房間，但伊蜜莉亞記得路，也認得是哪棟建築。走進大樓後，她並沒有開燈，而是在黑暗中爬著樓梯，但當她抵達二樓的公寓門外時，明明沒人開門也沒人上下樓，樓梯間的電燈卻亮了。她敲了兩次門，沒有回應，於是她從總電源箱裡拿出鑰匙，按照吉爾所說的自己進屋。她一進到屋內便立刻躺下，閉眼休息。她由衷感謝還擁有這個地方。或許是在無意中睡著了，她沒聽到開關門的聲音，就感覺他柔軟的手按上她的肩膀，抬頭便見他拿著一杯水。

兩人到餐桌旁坐下。桌上鋪著伊蜜莉亞買的繡花桌布，以及她從舊公寓拿來的藤籃。

吉爾等待伊蜜莉亞穩定下來，然後指示她照實描述發生的事。他問了很多問題，她一一回答。吉爾問伊蜜莉亞有沒有拿阿迪娜的錢，她發誓只在剛開始工作那幾週拿了幾百塊，但接到打掃公寓的工作後就沒再拿過。她借了兩、三次珠寶首飾，和吉爾碰面時戴，並且當晚就放回盒子裡。她沒有解釋為什麼要拿阿迪娜的錢，因為她也沒有理由。她知道不是因為錢的關係，而是別的原因，但她真的沒偷過尼鴻和埃絲黛的錢。吉爾說他相信她，不過接著就問她是否從他公寓裡拿了不該拿的東西，而她否認，並發誓沒有偷過尼鴻和埃絲黛任何東西。吉爾平靜地說他要問的是這間公寓，而不是他父母的房子——她真的確定沒有拿過任何不該拿的東西嗎？他撫摸伊蜜莉亞的手，讓她平靜下來。他說他相信她說的，也會幫助她。他問她是否告訴過梅爾和海娃她要和誰一起去里加。他希望打給他們，澄清伊蜜莉亞不是想要逃跑，而是要和他一起出國。她說從沒向他們提過吉爾，吉爾表示那他會去表明身分。「總之，不管妳做了什麼，他們都無權拿走妳的護照，更不應該這樣威脅妳。讓我去跟他們談。我保證，當他們知道律師找上門時，絕對不會是那種說話態度。」他幫她泡了一杯茶，問她要不要去洗澡。在回到臥室打給梅爾和海娃前，他再次安撫她：「伊蜜莉亞，我保證一切都會順利解決。妳不是一個人面對。」

伊蜜莉亞擔心這件事會影響本來安排的旅行，吉爾笑著說：「那不重要，之後還有其他機會。」

站在熱水柱下的她一時想起尼鴻，便緊緊閉上雙眼。她感到羞愧、傷心，也感到感激。剛才吉爾出現前，她在漆黑的客廳裡看到尼鴻，意識到他的存在其實是為了陪伴她。從他走的那天起，就沒離開過她身邊。

伊蜜莉亞走出浴室，換上塑膠袋裡帶來的衣服。吉爾說他和海娃談過了，一切都會沒事，他會解決錢的問題，他們也保證不報警並歸還她的文件。伊蜜莉亞問自己要賠多少錢，吉爾重申一切都會順利解決，款項由他負責，但他不想說出確切金額，只說低於他們之前要的七千五百元。「妳不必擔心任何事。明天起來事情就會過去了。」

他要她喝掉洗澡前幫她泡的那杯茶。

茶的味道不怎麼好，太甜，而且已經要冷了，但伊蜜莉亞整天都未進食，還是全部喝光。吉爾帶著她走到他的臥室，她躺下來，體力耗盡又曬了太多太陽而頭暈目眩。他坐在一旁看著她，就像她平常坐在阿迪娜床邊等她入睡那樣。百葉窗微微開啟，對面大樓的燈光從窗葉間穿透進來，昏暗的光線讓她在睡著之前能看見吉爾的臉。他並未碰觸她，只是坐在一旁。她聽見他的聲音。她覺得他在問歐娜的事，但因為意識太模糊所以不太確定。她想起自己有時會想像在這個房間裡醒來是什麼感覺，但從來沒想過會這麼舒服。

她掛在窗邊的銅鈴沒有晃動，不過伊蜜莉亞卻聽見了鈴聲。她的眼睛閉上又打開又再次閉上，她看到尼鴻也在房間裡，那雙綠色眼眸照看著她入睡。她想對他說話但沒有辦法，她全身無力，聲音從口中消失。她覺得他也想告訴她什麼，但他也無法開口。

伊蜜莉亞在一點時醒來，星期六和星期日交界的深夜，臉上被自己的塑膠袋蓋住，試圖吸氣時嘴裡便會嘗到塑膠。她感覺吉爾的手指壓著她兩邊膝蓋，將膝蓋按在床上，不讓她起身，但伊蜜莉亞其實不想起來，是身體想這麼做。她因為逐漸缺氧而愈來愈恐慌，但同時間也愈來愈平靜。

吉爾坐在一旁，看著伊蜜莉亞耗盡袋子裡的空氣。尼鴻也在場，雙眼睜得老大。伊蜜莉亞意識到尼鴻並不是要引導她來找吉爾，而是想警告她。

伊蜜莉亞睜著雙眼，但內裡的她正要閉上。一瞬間，她明白了過去發生的所有事情，也知道之後將會有的進展，彷彿那是在大眠前聽到的一則故事。

第三章

1

歐娜，他會在吉瓦坦因那間你們一起去過的咖啡店遇見第三個女人。她每天早上八點過後就會來到店裡，總坐在同個位置，就在裝設了玻璃阻擋冬季冷風的露臺角落。他則會在她抵達後的半小時出現在店裡，最初不會每個早上都來，而是在上班途中經過，一個星期來一至兩次。

他們第一次交談的過程會像這樣：她抱著筆電獨坐，專心工作的同時又會看著進出店裡的每個人。她每小時會起身一次，走到外面抽菸並撥出一通電話，而在某天早上，他會跟在她身後出去，向她借一支菸。她會從幾乎要空了的白色包裝裡遞給他一支雲絲頓淡菸，他會借她的打火機點燃。她會一邊看著手機，一邊聽他不好意思地解釋很少抽所以身上沒帶菸，而她會說其實自己也該戒掉，但現在的時機不好，畢竟才剛喜歡上抽菸而已。他聽了會大笑。他會表示想請教一個問題，她則會把手機放進外套口袋，請他直說。只有在這時，她才會抬頭看他的臉。他會問：「妳每天早上都表情嚴肅地在這裡做什麼？」然後，因為出於禮貌，她會反問他的職業。

當兩人回到咖啡店內，他會伸出手向她自我介紹。「對了，我叫吉爾。」他會這麼說。而她會回答：「你好，我叫艾菈。」

從那天起，他幾乎每天早上都會到咖啡店報到。他的臉平滑，身上有古龍水的香味，每天都穿不同襯衫。他的髮量比妳們兩個記得的要稍微稀疏一點，但仍有著金黃色澤且足夠豐厚。他會把車停在附近的停車場，走路到咖啡店。當他第二次跟著她走到戶外借菸時，兩人的對話會持續得長一點。讓兩人有所交集的第一件事是她正在寫的專題研究，雖然（她會對他說）她覺得自己永遠寫不完，至少在這個年紀不行。「妳的主題是什麼？」他會這麼問，而她會回答：「算了，你不會想知道的。」

她的研究主題是烏茨猶太區[1]。對，就是那場「大屠殺」。確切來說，她要寫的是一九四一年到四四年間烏茨猶太區裡的特定一棟建物，以及其中居民在那段期間的生活。幾十名住戶，幾十段完全不同的故事，幾十起死亡事件，一則比一則慘烈。她現在三十七歲，不是應該寫大學報告的年紀。她比大多數的教授都年長，外表看上去彷彿其他同學的媽媽。

吉爾看來會像對她的題目感到意外，因為她看起來不像波蘭人。她聽了後會大笑，說他這樣算種族歧視，不過接著便表明自己真的不是——有這麼明顯嗎？她會解釋，她在服役期間開始對這個題目產生興趣。當時她在教育軍團教軍人們歷史，後來到了巴伊蘭大學讀猶太史。退伍後在猶太離散博物館工作了幾年，當團體導覽員。

「那現在呢？」他會這樣問道。「現在大部分時間都在帶小孩。」她會這樣回答，往他的反方向吐出口中的菸。她最小的孩子在十個月前出生，為了讓自己不要瘋掉，她報名了人文碩士班，請了保母幫忙在家顧小孩，時間是每天早上以及每週一天的下午，但好像沒有什麼幫助。「沒有幫助是指妳還是沒時間做研究嗎？」當吉爾問時，她會回答：「說沒幫助是因為我還是一樣快瘋了。而且我不太確定為什麼

1 Łódź Ghetto，二戰時期歐洲第二大猶太區，位於波蘭中部。目前這個名稱較常譯為「羅茲猶太區」，但「羅茲」和「Łódź」的波蘭原文發音並不相同，可能是名稱在語言間轉換時，波蘭字母被替換成英文字母造成的訛誤，此處按照波蘭文發音譯為「烏茨」。

要選這個題目。」

她另外還有兩個女兒，四歲半和六歲，同時照顧三個孩子讓她快要抓狂。早晨這幾個小時和每週一天的校園生活是她生活的救星，但還不足以讓她保持理智。從第一次懷孕後，她已經戒菸七年了——她會邊說邊點燃另一根雲絲頓淡菸——但要不是因為抗憂鬱劑、要不是因為又再開始抽菸的話，她根本沒辦法撐過來。她的丈夫是軍中的職業研究人員，每天不到晚上九點不會回家。「我甚至不確定他知不知道我們又多了一個小孩。」她會這麼說，拿出手機讓吉爾看女兒們的照片。她會補充：「別誤會我的意思，我很愛她們三個，全都是非常可愛的小寶貝，但這不是十年前的我想像自己會過的生活。是說我為什麼要跟你說這些呢？大概是在拖延回去做正事的時間吧。」

這次，他們一開始就會知道彼此都已婚。

吉爾手上會戴著細婚戒，他不會在進入咖啡店前脫下，也不會試圖隱瞞；而她則會時常提到丈夫。

他們會開始互道早安。他會走進店裡，看到已經入座的她，向她借第三、第四根菸，後來每當她出去抽菸時都會朝他招手。雨天時，他們會躲在附近雜貨店的屋簷下，天冷就站在咖啡店門口旁的人行道上，攫取一點店內燃煤暖爐的熱度。如果那天天氣很好，他們會坐在抽菸區的圓桌旁享受陽光。那會是個乾燥的二月，月初會有幾天暖日，夏季如花中摺疊的雄蕊。他會提議買一包香菸還她，或請她喝咖啡，畢竟抽菸是他的新興趣，不該一直讓她出錢。而她會說：正好相反，他因為她的關係抽得更多了，她為此感到愧疚。

他不會對她說謊。他會坦承有兩個女兒，一個正在空軍訓練基地服義務役，另一個很快就會從高中畢業，而他的太太也是律師。他不會提到露思的名字，但也不會聲稱他們已經或正要離婚。當她問起「為什麼她從來沒和你一起來過店裡」，他會解釋她的辦公室在特拉維夫市中心，都比他還早出門。他與東歐的關聯將繼續成為兩人的共通點。他會說自己的父親生在奧地利，母親生於波蘭；不是烏茨，而是華沙附近一個名為格魯耶茨的小鎮。他們都在最近去世：他的父親尼鴻離開才剛要滿三年，而母親埃絲黛則在夏末猶太曆新年後離世。

他會說出更多關於工作的細節，她會對此表示興趣：怎樣的人會去申請羅馬尼亞、波蘭或保加利亞的公民身分？為什麼想申請？他怎麼會接觸這個領域？他會向她解釋，自己在九〇年代時曾在人力仲介公司工作，因此擁有不少人脈。當時共產主義集團剛垮台，他負責從東歐引進便宜的勞工——大部分都是女性——後來便自己成立了事務所。公司成立初期，他主要處理的都是護照申請業務，因為當時東歐國家剛加入歐盟，而以色列人喜歡在歐洲各大機場排在屬於歐盟的入關隊伍裡。不過目前他大部分都在處理房地產投資。現在以色列人在東歐買的不動產愈來愈多，彷彿打算總有一天要集體遷回去，而既然以色列人不信任東歐當地的律師，他的生意也就跟著蓬勃發展。他也在東歐有三處投資置產。他目前正在和兩項大型建設計畫洽談合作的可能，所以出差頻繁，有時一個月要飛兩次，他因此分別在以色列、羅馬尼亞和波蘭各雇了一名律師為他分擔工作。

「聽起來很忙，而且很有發展性，跟我的生活相反。」她會這麼說。而他會說：「別說得這麼誇張。事實上我還是有空，每個早上都來這裡和妳喝咖啡。」她會看著他露出微笑，然後說：「所以你是這樣稱呼這件事囉？來這裡和我喝咖啡？」

當他問起為什麼要挑這個研究題目，她會說：「坦白說我已經搞不清楚了。我曾經很有企圖心，覺得在那裡死去的人要我不能忘記。」

2

星期天清晨，伊蜜莉亞的遺體在特拉維夫南邊的舊公車總站被發現。發現她的是正在值勤巡邏的卡里姆．納瑟里警官，他在報告中寫道：「女子約四十多歲，已經身亡，短髮，身穿灰色長褲和T恤，躺在加里街大樓的樓梯間，頭上套有塑膠袋。」她身上沒有身分證明或其他文件，所以幾天過去仍屬無名人士。

沒有跡象顯示伊蜜莉亞曾受暴，因此初步推斷應為自殺。驗屍結果確認死因為窒息。「她死前幾個小時內並無性行為，胃裡幾乎沒有任何食物。」報告也提到，根據這名女子口中的人造牙冠判斷，她應該不是以色列人，衣服上的標籤符合這項推測。死亡時間推估最早應該在星期六到星期日之間的深夜。

有好幾天，調查都聚焦於搜索伊蜜莉亞被發現的區域、詢問當地居民，以及比對報告內容和失蹤人口是否有吻合的案例。那區域少有監視器，伊蜜莉亞死前幾小時內，沒有任何監視器拍到她的身影。警方將她的照片出示給附近街區的店家和住戶，沒人認得。花園和垃圾桶也找不到任何可能屬於她的所有物或文件。

警方的報告將伊蜜莉亞歸為「無名」，有人曾推斷她是被迫偷渡進以色列賣淫的女性，但很快遭到推翻。那附近色情交易場所裡的女性都不認識伊蜜莉亞，她的身體狀況也跟這項假設有所矛盾。伊蜜莉亞確實營養不良，但是她並未吸毒，也沒有受虐的跡象。

身分識別的工作要到一週後才有結果。

巴特央的阿亞隆分局接到報案，有一名在安養中心工作的外籍看護，對照顧的年長女性施暴並偷竊財物後逃跑，可能已經潛逃出境。報案人是梅爾·亞夏和海娃·亞夏夫婦，他們向值勤的調查員描述了看護的姓名和外觀，而分局在幾天後發現了兩起事件的關聯。亞夏夫婦被召進瑪斯杰街的警局指認那位已故無名女性的照片，立刻認出她就是伊蜜莉亞·諾帝伏斯，四十六歲，來自拉脫維亞。伊蜜莉亞從一月底開始照顧阿迪娜·德尼諾，三月一日搬進阿迪娜在巴特央那間養護中心的公寓。她在兩年多前透過人力仲介公司依照合法管道進入以色列，簽證和工作證都仍有效。

員警問亞夏夫婦最後看到伊蜜莉亞是什麼時候，他們說是星期六早上——就在預估死亡前數個小時。他們懷疑伊蜜莉亞偷竊被照顧者的財物，於是裝了隱藏式攝影機，證實了自己的疑慮，並在星期六把影片拿給她看。他們並未威脅她，只要求她歸還財物，並表示曾警告她要到警局報案。

兩人聲稱伊蜜莉亞答應在同一天還錢，接著她便離開安養中心，失去音訊。他們知道她幾天後就要出國旅遊，於是要求她留下護照。她消失兩天後，他們曾經聯絡仲介，但沒人知道伊蜜莉亞在哪。亞夏夫婦覺得她應該已經找到辦法偷渡出國，對於被偷的財物只能認虧，後來報案是因為意識到應該要求仲介賠償伊蜜莉亞造成的損失。

當被問及是否還持有伊蜜莉亞．諾帝伏斯護照之外的所有物時，兩人皆否認，表示只有她放在阿迪娜房間櫃子裡的幾件衣物，以及浴室裡的盥洗用品。

找到身分並有了亞夏夫婦的證詞後，這起案件對警方的調查人員來說幾乎已經沒有疑點。亞夏夫婦所言強化了伊蜜莉亞自殺的假設，讓調查人員能夠勾勒出她死前幾小時的行蹤。與梅爾及海娃對質後，她在早上離開安養中心，因為護照被扣押，她為無法離開以色列煩惱。她害怕回到安養中心，他們可能會將她交給警察，於是她在外閒晃了一整天，試圖想出脫身的方法。她沒有地方可以過夜。他們不確定伊蜜莉亞為什麼要、或者如何從巴特央跑到特拉維夫南區的涅伏沙南，也不知道她是否在當地有熟人，總之到了晚上，她愈來愈絕望，決定結束生命。有個假設是她跑到特拉維夫南區，是想在當地的妓院賺錢，但或許在最後一刻改變心意。

第一個被指派負責這起案件的，是隸屬特拉維夫南區分局的A督察[2]。他今年四十一歲，已婚，育有六名子女，是前邊境巡邏官，家住耶胡達。他身材高瘦，舉止緩慢慎重，眼神疲憊，雖然已確信伊蜜莉亞是出於絕望和恐懼才將自己悶死，但他辦案向來徹底，且以報告總是滴水不漏而自豪，他決定要解開伊蜜莉亞生前最後

2 這項職稱在英譯本中為「Inspector」，此處暫且譯為台灣常見的「督察」一詞。不過，以色列警察制度和台灣警察制度不同，所以雖然用詞一樣，其位階和同名的台灣警察其實不同。假設把以色列警察位階分為警員和警官兩種，Inspector大約為初階警官。每個階層都能再分為三級，以督察為例，由低而高為督察員、督察、督察長。後文出現的大隊長（Commander）則是更高一等的中階警官。

一天裡懸而未決的疑點：在她自盡前的幾個小時，公車總站附近怎麼可能沒有人看過她？畢竟不遠處甚至還有間警察局。

A督察再次請來亞夏夫婦進行訊問，想要深入了解星期六那天早上在安養中心發生的事。他並未將他們視為嫌疑人，但認為兩人可能隱瞞了部分事實。在他的要求下，他們用隨身碟帶來伊蜜莉亞打開阿迪娜衣櫃並拿走珠寶財物的影片，他反覆看了幾次後，請他們留下影片。在最初的報案紀錄中，這對夫婦也聲稱伊蜜莉亞虐待阿迪娜，但隱藏攝影機拍下的片段裡沒有任何證明。亞夏夫婦在第二次問話時撤回了這條指控。

亞夏夫婦的證詞描述了一名在以色列沒有任何親友的孤獨女人。他們知道她先前在特拉維夫北區擔任看護，搬進安養中心前曾在巴特央的出租公寓住過幾週。她一週工作六天，後來主動提出星期天休假的要求，以便去辦雜事和上教會，他們答應了。她最近要求放假幾天，說要回里加，他們後來才意識到她一定是打算離開以色列，不再回來。A督察問阿迪娜有沒有可能知道更多關於伊蜜莉亞的事情，但他們說她現在的頭腦非常不清楚。

*

屍體被發現將近一個月後的某天早晨，A督察在耶胡達的猶太教堂結束每天的晨禱，便直接來到巴特央的安養中心。他訊問了中心裡的本籍和外籍員工，但獲得的資訊無助於他更了解伊蜜莉亞的死亡案，只知道她孤僻沉默、鮮少交際，所有人都和她不熟。一名叫做珍妮的菲律賓籍員工說曾在雅弗的教堂看過伊蜜莉亞；另一名叫卡蘿的員工（雖然留著長髮，但A督察還是覺得她像男性）則說最近曾看到伊蜜莉亞在晚上離開安養中心，穿著像是要去約會。卡蘿講不出伊蜜莉亞要和誰碰面，也不曉得她交往的對象是男性或女性。伊蜜莉亞的葬禮在以色列舉行，因為拉脫維亞那邊無人出面要求運回遺體；安養中心裡沒有人去參加她的葬禮，也無人問起伊蜜莉亞或者打聽她的情況。

A督察本來打算就這樣返回辦公室，但決定再去拜訪雅弗的教堂，以確認菲律賓籍員工和亞夏夫婦的證詞。那天是星期天，他在濱海的咖啡館迅速吃了一頓過於搶錢的午餐，然後在一點前抵達教堂。他曾和妻子去過一次巴黎聖母院，當時他在主教堂外的大廣場上便脫下了頭上的圓頂小帽，但這次他進入這座教堂時並沒有這麼做。禮拜大廳繽紛而明亮，一名司鐸帶領A督察進到廳後的小房間，請他稍後。那名司鐸大約認出A督察出示的照片中是伊蜜莉亞，他離開並帶來另外三位司鐸，其中一位確認那就是伊蜜莉亞，並表示和她熟識。那位司鐸名叫塔迪伍施，他是在得知伊蜜莉亞死訊後第一位露出極度悲傷神情的人。

他們在小房間的桌旁坐下。塔迪伍施告訴A督察，他以前幾乎每個星期天都會和伊蜜莉亞聊天，就在他們現在所坐的這張桌子。她在大約三到四個月前開始來參加彌撒，某天儀式結束後，她主動和他談話。她需要建議、需要可以說話的人，兩人的談天非常親密私人。

A督察懷疑眼前這位司鐸就是伊蜜莉亞時常在晚上出門所見的人。他年輕也英俊，且A督察不相信司鐸和拉比們真能免於衝動和慾望，尤其是和妻子一起看過《驚爆焦點》那部電影後更是這麼覺得。在某個時刻，A督察甚至考慮要問他在伊蜜莉亞死亡那晚的行蹤，畢竟他可能是伊蜜莉亞被趕出安養中心後的求助對象。不過這位波蘭籍的司鐸搶先了一步，解釋他在伊蜜莉亞死前幾週都沒再見過她；起初是她刻意躲避，至少感覺起來是如此，後來則又因為他返回波蘭探望家人。除了這些之外，他也是第一個堅持伊蜜莉亞不可能自殺的人。司鐸說，她活得非常孤單，但正試圖探尋自我，除非她在離世前的最後兩週裡遇上極不尋常的事，否則他很難相信伊蜜莉亞會選擇悶死自己。他問伊蜜莉亞葬在哪裡，聽到地點是在以色列而非拉脫維亞，他感到驚訝。他問A督察能不能透露墓園的確切位置，他想帶花去看她。

聽到A督察說伊蜜莉亞曾偷取被照顧者的錢財，司鐸不發一語。A督察追問他是否知道這件事，塔迪伍施輕聲說：「不知道，但我曾經懷疑過。」他曾注意到伊蜜莉亞在彌撒時傳遞的捐獻籃裡放了大筆現金，即便他後來要求，她也拒絕告解，彷彿有所隱瞞。他之前沒想過那些錢是偷來的，只覺得應該是從別的管道取得，而伊蜜莉亞不想告訴他。

當被問及伊蜜莉亞是否說過和被照顧者以外的人有所接觸時，司鐸想起在她死前幾週，曾暗示正與一名男人交往，對方是她打掃的公寓的屋主——當時他覺得她的錢應該是這樣賺得的。他不太清楚那名男子的事，只知道伊蜜莉亞在搬進安養中心前曾照顧過這名男子的父親；每個星期天來教會之前，她會先去幫男人打掃公寓。塔迪伍施問A督察是否已經和對方談過，A督察回答還沒，並記下這點。那天下午他打給伊蜜莉亞的仲介，要到了尼鴻和埃絲黛的住家電話。

A督察在下午五點多時撥了電話，與此同時，塔迪伍施神父正準備進行每週彌撒。塔迪伍施決定在儀式上緬懷伊蜜莉亞，談及他們每次碰面時聊過的話，以及她的生和她的死。

聽聞伊蜜莉亞死訊後第一個大哭的人是埃絲黛。她說：「噢伊蜜莉亞，我當初根本不應該讓她走，就知道她應該待在我身邊才對。」提及這件事之前，A督察說到伊蜜莉亞正在替她兒子打掃公寓，想請問他的電話，但埃絲黛對此非常訝異。

「你是說澤福還是吉爾？他們沒告訴我她在幫他們工作。」埃絲黛說。

她給了他兩兄弟的電話號碼，而A督察的第一通電話打給了錯的那個。

3

某天早上，吉爾會提議兩人一起午餐，而她會拒絕。他問為什麼，她會說：「你也知道這不是什麼好事。我們這樣碰面很好，何必搞砸？有些界線就是不該跨越，你不覺得嗎？」

他會放棄，接下來幾天早上都不會到這間咖啡店。當他再次出現，她會問：「所以就這樣了嗎？不吃午餐就什麼都沒有？」他會裝得驚訝，表現得像是忘記曾邀她一起吃飯，並解釋他剛出差回來。「但或許我們還是該找機會一起吃飯？」他會加上這句。她會笑著說：「你真的那麼餓嗎？」過了一會，就在他起身要去上班前，她會走到他的桌子旁：「你知道嗎，就約一天吃午餐吧，但時間要早一點。我會問保母哪一天能待到兩、三點。然後由我請客。」他會笑著問她確定嗎，她會說：「嗯，管他的，為什麼不行。」不過還會再加上一句但書：他們得約在絕對不可能巧遇她老公的地方。

一週後，雅弗港，三月上旬的星期三。

他們會安排在這裡見面，是因為她先生的基地遠在城市另一端的北特拉維夫。他們會各自前往約定的餐廳，而她的打扮會非常不同。那天炎熱，幾近熱浪程度，因此她穿著服貼臀部的藍色連身裙，裙擺在膝上的位置如喇叭狀散開，也穿著高跟鞋，讓他遠遠地便突然想起歐娜。她並不漂亮，但那天她走路的樣子、舉起酒杯的姿勢，以及沒話說時會先看一下吉爾然後垂下視線的模樣，都讓她非常迷人。

他們會在港口的一間魚料理餐廳用餐。雖然春日美好，加上眼前就是停滿舊漁船的碼頭景色，而且有可能抽菸，但他們最後還是選擇坐在店內而不是甲板，以免被人撞見。飯後他們會沿著港口散步一小段路，往北走到塔迪伍施所在教堂附近的鐘樓。她會說已經好幾年沒來了；吉爾會看著她，說他也不記得上次來是什麼時候。

午餐剛開始時，兩人會有一陣幾乎尷尬的沉默。彷彿一離開咖啡店和那幾根菸的時間，彼此就無話可說。她顯然認為要打破僵局最好開門見山，直率一點也無妨，因此她會說：「所以你這樣外遇多久了？」

吉爾會微笑，驚訝但不慌張。「哇，這開場真的滿嗆的。」然後繼續說道：「有幾年了。雖然妳可能不這麼想，但其實這很少發生。」

「什麼事情很少發生？」她會這麼問。而他會堅稱，無論只是泛泛之交，或是曾進一步發展成接近交往關係，自己總共只遇過兩、三個對象。

「你太太都不會懷疑嗎？」

他會回答「應該會」。應該知道，只是視而不見；她沒有別的選擇，雖然也在工作，但經濟上仍需仰賴他。接著換他問她，而她會將酒杯舉至脣邊，搖著頭說「從來沒有」，並補充說直到一、兩年前她都完全不會有這種念頭。

「那妳為什麼在這裡？」他會這麼問。她會回答：「因為現在不是一、兩年前。而且我還是不確定為什麼自己會在這裡，也許是好奇。」

「對哪件事？」

「我也說不上來。對你好奇嗎？對我來說你是個奇怪的人，吉爾，非常奇怪。但大部分應該還是對我自己好奇，想知道我能做或不能做到什麼程度；或者更重要的，我能夠感覺或無法感覺到什麼。」

吉爾要她解釋他哪裡奇怪，並說說看發現了哪些東西，她會閃爍其詞，說她好幾個朋友都會在出軌後興奮地討論，但她應該做不到。「阿伏涅爾是這世界上最會吃醋的男人，他絕對不可能忍受這種行為。」

「但他能對妳怎麼樣？」吉爾會這麼問。她會說：「我不想去想那種狀況好嗎？他會毀了一切，永遠也不會原諒我。這樣還不夠恐怖嗎？」

他們會暫時聊點別的事情。

吉爾會說他們的服務生讓他想到諾婭，她會問起他和女兒關係如何，而他會回答一直都很好，而且隨著她們長大愈來愈好。諾婭現在沒有男友，有時她從隊伍放假回來，他們會一起去看電影，前兩個星期他們還一起去了酒吧。哈達絲因為考試忙得要死，而且比較黏媽媽，但也還是和他很親。

他會再點一杯酒，並說決定等一下吃完飯不回辦公室了。他的主菜點了海鱸搭配米飯和青豆；她則點了沙拉。他會問到她和女兒的關係以及她自己的父女關係，但很快地話題又回到外遇。她會開始問他實際的例子：他都是怎麼做的？他會回答，一開始大多是在網路認識對象，偶爾透過其他方式，過了這個階段通常就會約在特拉維夫或赫茲利亞的旅館，或者在按小時計費的民宿房間。不過他在吉瓦坦因也有一間公寓，去年放在Airbnb租給觀光客，那裡有時（大部分是冬天）沒有人在。如果交往得久一點，他們有時也會趁週末出國，都挑選比較近的地方，例如雅典、賽普勒斯或布加勒斯特——這些度假勝地距離近、消費便宜，女方可以輕鬆地用出國購物或出差當藉口。

她會專注地聽著，彷彿小女孩第一次聽聞這輩子最重要的事。她會問：「但是，你到底為什麼需要這麼做？解釋給我聽。」他會說：「不是我需要，只是事情就這樣發生了。我的意思是，只因為結了婚、老了點就得完全停止這件事，一點也不合理，不是嗎？」

「哪件事？」

「『想要認識新的人』這件事。想要更接近他們。最令我興奮不是性，而是和人親近，和新認識的人之間突然擁有的那種真正的親密感。先是完全不認識，然後對方會慢慢為你敞開，妳不覺得這種過程很令人高興嗎？」

在他們用餐期間，那間餐廳會特別空曠，等到上甜點和咖啡時，整間店都沒有其他客人了。吉爾會問能不能將手放在她的手上，她會答應，於是在接下來幾分鐘裡，他柔軟、溼潤的手掌都會放在她手上，覆蓋住她的結婚戒指。她不會抗拒，而會輕聲對他說：「你知道嗎，除了我先生之外，已經超過十年沒有其他人摸過我了。」

短暫散步之後，吉爾會陪她走到車邊。她的車停在鐘塔廣場附近充滿沙塵的停車場。此時接近下午三點。

他會問她是否真的不想和他一起去他的公寓或者旅館，可以現在就去，或者由她決定時間。她會說現在已經超過她和保母約定的時間了。她會打開車門，將手提包放在副駕駛座，然後看著他說：「吉爾，跟你聊天很愉快，真的，但你能得到的我恐怕就是這麼多而已。我不知道，或者說我也只能給出這麼多。我不覺得自己有辦法做得到那種事，事實上，現在發生的已經比我預計的多很多了。」他會笑著對她說：「只要我們還能偶爾一起抽菸，那就很好了。畢竟我現在已經有癮。」

當他們靠近彼此擁抱道別，他會搜尋她的雙脣，當她回應的那一瞬間，兩人接吻。然後，在接下來幾週裡，他對她的態度會變得不同，更大膽、更飢渴放縱。他幾乎不會說出任何謊言，不會只因為遭到拒絕就放棄。彷彿他不是妳們兩個認識的那個吉爾，彷彿他也隨著時間改變。

4

警方報告表示，在加里街發現伊蜜莉亞．諾帝伏斯遺體大約六週後，律師吉爾．杭札尼受傳喚前來說明與伊蜜莉亞命案相關的證詞。他在上午十一點來到瑪斯杰街的特拉維夫南區分局，並由負責此案的A督察在二樓的辦公室內問訊。證詞的摘要（由A督察手記且經吉爾確認並簽名）被夾入日漸厚重的調查檔案裡。這份調查檔案的最後一頁是伊蜜莉亞臉部的放大照片，拍攝於星期天早晨她被發現並取下頭上的塑膠袋之後。

吉爾在證詞的開頭便確認自己認識伊蜜莉亞。

她曾經照顧他父親兩年，他去探望雙親或是家庭聚會時會看到她。他不曾插手她的雇用事宜——負責處理的都是他哥哥澤福——在她為父母工作期間，他從來沒和她私下說過話。就他所知，她把父親照顧得很好，他的父母都很滿意。那時他對她並不認識，只知道她是拉脫維亞人，並覺得她看起來比實際年紀更大一點，可能四十八或五十。

他的父親過世後幾週，伊蜜莉亞曾在埃絲黛的建議下聯絡他的辦公室。她有工作證和簽證的問題需要諮詢律師，而他應母親的要求免費為伊蜜莉亞提供法律建議。

「發生了什麼事？為什麼她需要諮詢？」A督察問道。吉爾解釋，伊蜜莉亞當時在仲介安排下到安養中心照顧一名老太太，但她還想要接下另一份工作，因此想知道目前的工作證是否允許這樣的行為，或者能不能修改當初來以色列前內政部核發的許可證內容。她說想這麼做是因為急需收入；他從行為和外表判斷，伊蜜莉亞當時的生活應該十分艱困。

「哪方面艱困？你能不能說明一下？」A督察從椅子上坐直身體，傾身靠近吉爾。吉爾的說詞和他當時正在求證的假設吻合，他有種感覺，吉爾的證詞應該能補齊這件案子的許多空白。

「經濟情況貧困，但也許情緒上也是。我沒辦法說出確切的原因，就只是覺得她急需用錢，甚至可能是一大筆錢，我不知道，可能要還債或是匯到國外。所以我才給了她一份工作，大約幾個星期而已，雖然我知道這算違法——」

「我們等一下再談那件事。」A督察打斷他。「你還記得那次碰面給了她哪些建議嗎？」

「我向她解釋既有的工作證不允許她接其他工作，要變更許可也非常困難，但我可以試試看，然後她請我試試看。我建議她同時向仲介要求更多工作，但她說他們沒給。她問如果沒有報備就去幫人打掃房子，會不會被舉報——她非常不想回到里加。我說有可能，不過幾個星期後，她打來問變更許可的進度，那時我提議她來幫我打掃，這點也是事實。」

在聽了律師的證詞後，A督察仍冒出幾條百思不解的新問題。他在吉爾證詞文件的最下方，用（自從在納撒雷特上小學後便練就的）整齊筆跡寫著：**她要把錢寄給拉脫維亞的誰？如果害怕被遣送回里加，為什麼她還打算要去那裡旅遊？她在里加是否遇到經濟或法律上的問題**？接著他寫下一則給自己的備註，並畫上底線：**要再找領事館談一次**。

他問吉爾，伊蜜莉亞第二次打來是什麼時候，以及她確切要問的事情。吉爾說那是他們在辦公室會面後的兩或三週，她想知道他是否找到了變更工作證的方法，而他道歉說還無法完成這件事。他問她接下來的打算，她說她別無選擇，只能違法接受清潔工作。她問他是否知道有人需要清潔工，因為相較於把名字和電話刊在求職啟事，她寧可幫認識且能夠信任的人工作。一開始他說自己沒這方面的消息，但在對話快結束時，因為感受到她的苦惱，於是提議請她幫忙打掃自己的公寓。他在吉瓦坦因有投資一處房產，當時是住客間的空窗期且規畫要重新裝潢，暫時無人居住，他需要有人定期清潔。他提出這個建議主要是出於同情，也因為她和他父母非常親近。A督察問為什麼不把伊蜜莉亞為他工作的事告訴埃絲黛，吉爾說他不想讓埃絲黛知道伊蜜莉亞的生活變得這麼糟。

A督察問伊蜜莉亞開始為他打掃的確切時間，吉爾說他不記得確切的日期，好像也不曾記錄。他解釋，剛開始她會先到他在赫馬干的辦公室，再由他開車載她到公寓，並告訴她需要清潔的地方和做法。

「那時候她看起來怎樣？跟你記得的樣子相比有任何變化嗎？」

「我覺得有。不過就像我剛才說的，我之前很少看到她，所以也不是很確定。她看起來很瘦，幾乎都是骨頭，彷彿承受了很大的壓力。就像我剛才說的，她看起來非常焦慮。」

A督察問她去公寓打掃了幾次，吉爾說算起來應該六到八次，大約兩週一次。吉爾會撥打伊蜜莉亞的手機，兩人簡短交談後約定打掃的時間——警方並未發現這項證據。吉爾表示在那段時間只見過伊蜜莉亞一次；那次他約了整修的承包商到公寓估價，而伊蜜莉亞剛打掃完。若非如此，通常他會把鑰匙留在總電源箱裡，連同要給她的現金一起放進信封，而她會在打掃完後把鑰匙放回原位。

「直接把鑰匙給她，你不會怕嗎？」

「不會，為什麼要怕？」

「你們從來沒在其他地方碰過面？例如晚上的時候？」

「我為什麼要在晚上和她碰面？」

「我不會知道為什麼，我提出問題，而你負責回答。」A督察說。但其實當想到吉爾和伊蜜莉亞在工作之外碰面，他自己也覺得不太合理。

「當然沒有。但我大概可以理解為什麼你這麼問，畢竟你們問這些問題都是有理由的。你懷疑我做了什麼嗎？」

「我會這麼問是有人說她在和某個男人見面，而你剛才說她幫你打掃公寓，所以我想知道兩件事是否有關聯。」

吉爾露出微笑，說：「沒有，我絕對沒有像你說的那樣和伊蜜莉亞『見面』。如果需要，你可以去問我太太，我去公寓那次她也在。那天我要到雅弗，所以順便載她往南。除了那次之外，我從來沒在公寓以外的地方見過伊蜜莉亞。」

「她跟你說過什麼嗎？關於她的感情狀況？例如在以色列或拉脫維亞有沒有伴侶或家人？或者她有沒有接其他公寓的清潔工作？」

吉爾想了一下。接著說，就他記得的，伊蜜莉亞沒提過其他工作，也沒說過有沒有親戚或男朋友，不過他認為是她急需用錢，是得把賺到的所有薪水匯給身在里加的伴侶或情人，甚至可能是小孩，但也有可能是要給在以色列的男友。

「為什麼會這麼想？她曾經暗示過類似的事嗎？」

「沒有，我不記得她提過任何確切的原因。這只是我的印象，我們那幾次短暫的對話還有她的外表讓我感覺她急需用錢。如果從她穿的衣服還有她的打扮來看，我不覺得她有把賺來的錢花在自己身上。」

A督察告訴他，伊蜜莉亞在巴特央安養中心工作的時候，被發現會從她照顧的那位老太太身上偷取財物，吉爾看起來有些驚訝，不過再度微笑。他說這件事一方面令他訝異，因為他的父母從未抱怨過這類事件；然而另一方面他並不意外，他時常覺得他沒在公寓裡放什麼值錢的東西其實算是件好事，畢竟她感覺已經走投無路到為了錢任何事都願意做。

A督察捕捉到其中的暗示：「你說『任何事』嗎？」

吉爾說他並不確定，但他第一次帶她到公寓時，她曾經暗示願意提供「打掃以外」的服務。他當時不確定她指的到底是什麼，但無論如何他都沒什麼興趣。

A督察看了他一會兒，然後低頭寫了點筆記。「你覺得她有困苦到會到按摩院或者街上賣淫嗎？」

吉爾說他也不知道，但並非不可能。他問A督察是否認為被抓到偷竊和經濟壓力就是伊蜜莉亞自殺的原因。A督察點了點頭：「我認為有關。但拉脫維亞那邊還沒有給出關於她的足夠資訊。目前看起來，原因包括經濟和情緒壓力、孤獨、疏離，她害怕因為偷竊和非法工作而被捕，或許也害怕被遣送回里加。從你剛才所說以及其他人的證詞來看，她有可能在這裡或拉脫維亞欠下了龐大債務，或者需要資助國外某個人的生活，所以一旦有可能失去工作就會令她非常擔心，這在這類女性身上很常見。很多來到以色列的拉脫維亞女性最後都走投無路而進入色情行業，我也不排除她是無法忍受同樣的情況而自殺。我們聽過很多這樣的故事，特別是在公車總站那塊龍蛇混雜的地方。」

吉爾離開辦公室後，A督察再次打給拉脫維亞領事館，詢問里加警方有沒有提供更多伊蜜莉亞的資料，但那天是週日，電話無人接聽。他頗為確信已經了解她自殺的前因後果，只是還想要填補其中的某些空缺，讓整個故事更完整。他將伊蜜莉亞的臉部照片收進一只塑膠袋，並將其他文件整理整齊；他不喜歡看到紙張凸出檔案夾白色紙板邊緣以至於邊角皺折。他將整理好的檔案放在辦公桌的一角，疊在其他資料夾的最上方，這就是他對這起案件的最後所為。

5

吉爾會繼續在每天早上前往卡岑涅森街的咖啡店，但她將不會出現。他會等她，每次聽到開門聲都從報紙或手機中抬頭去看，但她之前所坐的那張桌子依然無人認領。他會在大約九點半到十點十五之間去上班，接近傍晚下班時再次來到咖啡店。

兩人約會後一週，他會決定不再等待，直接從辦公室打電話給她。時間點會在早上，就在平時兩人在咖啡店碰面的時間後不久，而她會立刻接起電話。

「你好，請問是艾菈嗎？」他會這麼說，因為不確定這個號碼是否真的屬於她，而且剛聽到她那句：「喂？」其實認不太出她的聲音。但她會認得他的，所以她停頓了片刻，不會立刻回話。他會試著解釋為什麼要在她決定斷絕關係時打來，而她會問：「你怎麼會有我的電話號碼？」他的回答會是，曾聽到她在電話中給了別人電話號碼，便忍不住寫下來，而她會要求他不要再打來，並說她得掛電話了。他會說：「妳能不能至少告訴我原因？我做錯了什麼嗎？」她則會迅速回答「沒有」，但她現在沒辦法說話，她沒去咖啡店是保母病了，她必須在家照顧女兒。她會再次告誡他不要再打來，並答應在可以說話的時候回電給他。

他不會相信保母生病的藉口。電話中聽不到哭聲或其他嬰兒會有的聲音，反而有著電話鈴聲以及嘈雜的噪音，他認為她其實在公眾場所。

她刻意迴避且未如承諾回電將會激怒他，讓他在那天晚上再次打電話給她。那會是在十點剛過，她先生應該已經到家的時刻。她不會接聽，而他會等到鈴響十聲之後留言，但這個號碼並未開啟語音信箱的功能，於是最終掛斷電話。隔天早晨，完全出乎意料地，他會發現她再度出現在咖啡店裡，就在她常坐的那個裝設了擋風玻璃牆的露臺角落。他一走進店裡，她會立刻示意他到外頭抽菸。兩人會在店門外的人行道上並肩而立，而她會壓低聲音問道：「你瘋了嗎？為什麼明知道我老公在家還要打來？你想要我死嗎？」

那天早上他會穿著牛仔褲和藍色襯衫，歐娜，就跟你們在舞臺廣場第一次約會那晚的穿著一模一樣。而她會穿著重量輕盈但質料頗厚的擋風外套，拉鍊拉至頸間，即使當早晨雲層散去、氣溫暖和也不拉下拉鍊。吉爾會解釋，他認為兩人的約會愉快，她的反應讓他覺得兩人都不願錯過這段關係，所以他不懂為什麼她之後就不再來咖啡店了，他必須知道原因。她會要他別再說話，然後低聲說道：「你現在是認真要在公眾場合大聲討論這些事嗎？」咖啡店外的吸菸桌旁會有個穿愛迪達棉褲的高大蓄鬍男子正在講電話，投來的眼神讓兩人都不自在，令他們走離本來的位置，站到一旁還沒營業的不動產辦公室窗前。她會點燃另一根香菸，深吸一口，以平時會用的語氣簡短告訴他，她其實有同樣的感覺。如她之前所說，那天午餐過後保母真的生病了，所以她有兩天必須待在家裡照顧最小的孩子，而她也在這兩天開始思考自己的行為，並且愈想愈焦慮。她當時決定暫時不回這間咖啡店，改去別的地方，希望這件事會隨時間淡去。

他們會背對著街道站立，兩人的身影映射在窗戶上，就在那些印有房產照片的方形出售公告之間。吉爾會試圖像在雅弗時那樣摸她的手，但她會將手收進外套口袋並斥責他：「你這人到底有什麼問題？你是白癡嗎？」

「我知道這沒什麼道理。」一陣子後她會說。「但當我坐在家裡，我可以感覺得到老公已經發現了。我確定他知道發生了什麼事，他看我的眼神都變了。當我看著女兒，我整個人不曉得該怎麼辦，你懂那種感覺嗎？但你女兒都大了，我不認為你會懂。我想到當他發現時我就得看著一切分崩離析，然後也想到你，想到我們每天早上抽菸、聊天，還有雅弗那次約會，你知道我也想要繼續進展，真的很想，然後我會告訴自己我沒有做出什麼不對的事，媽的，我什麼都沒做啊，我不過就是終於遇到一個對我想做的事還有生活有興趣的人，和那個人聊聊天而已，我到底是在恐慌什麼，為什麼這樣就要被自己還有被他恐嚇，你可以跟我解釋為什麼嗎？」

回到店裡，他們會坐在各自的位子上，但眼神和無聲的對話會在兩張咖啡桌間不斷傳遞、連結。吉爾會傳簡訊給她：「不要放棄我，艾菈。」然後在捕捉到她讀簡訊時的神情後露出微笑。她會回覆：「拜託不要傳簡訊給我。這種的絕對不行。真的要的話，你可以寄電子郵件。我會刪掉然後封鎖你的號碼！」然後他會傳來：「妳的信箱？」而她會回傳：「給我你的就好。」

幾分鐘後，他會在手機上收到一封 ella_hazany333@gmail.com 寄來的空白信，他會立刻回覆：「所以我們什麼時候碰面？明天還是今天晚上？」她會在讀信時露出笑容，並在幾分鐘後回信：「不是今天也不是明天。你知道嗎？因為你，我整個星期都沒寫半個字。我還有專題研究報告要交欸！（還是不敢相信到了這把年紀還要寫那種東西。）」

接下來幾天，他們會坐在咖啡店裡兩張鄰近的桌旁，持續透過電子郵件聊天，像兩個小孩在課堂上趁老師不注意時互傳紙條。白天上班時吉爾也會從辦公室寄信給她，問她那個早上有沒有空回信、報告進度如何、主題是什麼、她下午和女兒們相處得如何，還有想不想他。他會提議找一天上午在特拉維夫某間旅館裡替兩人訂房間，當她回覆：「你不是認真的，對吧？還是直接約在我老公辦公室外面好了？」他會改為提議在其他地方碰面。

他會問她有沒有向任何人提過他，而她會說沒有什麼好提的，就算有她也不會講。他會在信裡告訴她，他曾在大女兒諾婭週末從軍隊放假回家時提起兩人的事。但這並不是真的，因為即使是對艾菈，他也會忍不住得偶爾說謊。

就在這其中一封信裡，他會第一次提起想要兩人一起出國。

6

雖然還沒正式結案，但伊蜜莉亞命案的調查工作已被遺忘。就在問過吉爾證詞後不久，A督察便離開了在特拉維夫南區的職位，請調至沙隆分局，開始攀爬另一條升遷之路；他相信這條路能讓他在四十五歲前當上大隊長。在與新人（那是一位二十多歲的英俊警探，眼神空洞而冷漠）交接時，A督察對這起案件的摘要如下：「很明確是自殺案件，死者為在以色列沒有親戚的外籍移工。所有盤問程序都已經完成，就剩下我透過拉脫維亞領事館向里加警方提出的那幾個問題，但顯然他們的行政效率比我們這邊還慢。在我看來，等他們回答之後就可以結案了。」

時間飛逝；即使不是妳的時間，這點也永遠不會改變。

嬰兒新生，老病則死，阿迪娜也是其中一位。她在安養中心去世，就在伊蜜莉亞曾經坐在一旁輕撫她手臂的那張床上，走時身邊的新看護是一名叫蘿絲·克莉絲汀的菲律賓人。幾個星期後，海娃將裝有伊蜜莉亞物品的紙箱帶至瑪斯杰街的警局，但負責案件的年輕警探不在，行政臺的警官不曉得該讓她去找誰，便要海娃等待當班的值勤人員處理。

海娃把伊蜜莉亞的箱子放在腳邊，等著輪到自己。牆上的電視正在播烹飪節目，等待的時間比預期中久很多，她考慮是否該放棄離開，覺得沒必要再去追究這件事了，之前和梅爾討論時，他也同意。排在她前面一位的男子離開了，隊伍短了些；他因為放在後院的瓦斯桶被偷想來報案，但等不下去而沮喪放棄。

那天早上負責執勤的剛好是督察長，歐娜．班哈默。海娃走進值勤辦公室，將箱子放在旁邊的椅子上，解釋來意。海娃說母親已經過世——歐娜向她致哀——家人們整理公寓時在陽台塑膠椅底下發現裝有伊蜜莉亞物品的箱子。海娃曾問過仲介公司，要把箱子寄給伊蜜莉亞在拉脫維亞的哪位親人；但仲介說最好把箱子交給警方。雖然箱子裡的物品並不值錢，不過海娃覺得如果伊蜜莉亞有親人，對方應該會想要收到這些東西。

「妳知道裡面裝了哪些東西嗎？你們有打開看嗎？」歐娜問。

「有，因為我們想確定裡面的東西真的屬於她，而不是從我媽那裡偷的。一開始我們不知道箱子裡的東西是誰的。」

「妳能告訴我裡面裝了什麼嗎？」雖然箱子就在一旁，歐娜還是這麼問。

「就像剛才說的，沒什麼貴重物品，只有一些衣服、筆記本和幾樣居家用品。我覺得她家人應該會想要她的衣服和那些小冊子。」

歐娜．班哈默督察長翻出伊蜜莉亞．諾帝伏斯調查檔案的摘要，快速瀏覽來龍去脈，然後告訴海娃：「我會把箱子交給負責這起案子的調查人員，讓他決定該怎麼處理，可以嗎？我們沒辦法把箱子送到國外，但如果負責人判斷已經不需要這些東西，可能會給妳她親人的地址，你們可以自行把東西寄過去。」

離開前，海娃問警方有沒有找到伊蜜莉亞自殺一案的進一步資訊，不過班哈默督察長說她無權回答。

下午結束勤務時，歐娜將伊蜜莉亞的箱子留在她的辦公室裡，以便隔天一早拿給年輕警探。那時是下午三點，她打電話給母親詢問女兒們的情況，並說如果沒塞車的話，半個小時後就會到家。接著她又打給她先生，但他沒接。

她替自己泡了即溶咖啡（加一匙糖）並從零食區拿了兩塊檸檬威化餅乾，因為她也只找得到這個。在回到女兒身邊前，她多偷了一點在辦公室的獨處時間。她上個星期才剛休完四個月產假，還在重新適應警局、辦公室、制服，以及這份必須長時間坐在這裡聽市民抱怨的工作。這天早上本來不是她的班，但同事在跑步時小腿肌撕裂，臨時叫她來代班。她在產前經手的最後一個案件是統整處理幾起盜用身分開設銀行帳戶的類似事件，但那件案子在她休假時被轉給全國層級的單位了，她完全不曉得案情有沒有新的進展。

出於好奇，她瞄了一眼伊蜜莉亞的箱子。她以前也有個紙箱，用來裝中學和大學時的文件和獎狀，甚至還有前男友們寫來的情書（全用塑膠袋裝著）。那只箱子現在放在浴室外雜物櫃的最頂端，就在防毒面具旁邊。從調查檔案的內容來看，她知道就算想把伊蜜莉亞的東西寄給誰，大概也找不到人了，因為他們沒查到她在海外的任何親人。A督察在檔案上所記的那些未解問題勾起她的興趣，她不懂為什麼他會在這個情況下把這件案子視為已經了結：**她要把錢寄給拉脫維亞的誰？如果害**

怕被遣送回里加，為什麼她還打算要去那裡旅遊？

伊蜜莉亞的箱子裡有幾件T恤（大多是灰色的）、一本看起來像俄文聖經的書、一條摺得像禱告披肩的白色薄窗簾、一條毛巾、一條綠色桌巾和一只玻璃花瓶；另外還有被海娃稱為「那些小冊子」的東西，兩本宣傳冊、幾張舊報紙和一本筆記本。

歐娜沒打開筆記本，她得趕著去托兒所接蘿妮，然後到學校接奈歐咪，再去和她母親換手；她媽媽一大早就照顧才剛出生的丹妮兒直到現在。

下午，她們四人一起去了家附近的小公園，蘿妮差點被一隻沒牽繩的狗咬到。那晚睡前，歐娜想起檔案裡那張死去伊蜜莉亞的大頭照片，半夜起來餵丹妮兒時則想起那只箱子。隔天早上把箱子交出去前，出於某種說不清楚的原因，她又打開箱子看了一次。

那本筆記的第一頁是希伯來文的所有字母，手寫排列成一長列，每個字母旁邊都以另一個顏色的筆寫著對應語音的拉丁字母。筆記的第二頁列了單字：先是希伯來文，然後是音譯的拉丁字母，最後是字義。

字體的筆跡屬於某個上了年紀的男性或女性，母語並非希伯來文，紙頁上的每個字母都在顫抖。不是每個字都能輕易辨識，但因為都是很簡單的單字，歐娜花了點力氣還是能讀懂：「אבא——ABA——父親」；「אמא——IMA——母親」；「מים——MAYIM——水」；「כוס——KOS——玻璃杯」；「אוכל——OCHEL——食物」；「תרופה——TRUFA——藥」。

在連續幾頁單字表後是幾頁空白，然後換了一個手寫字跡，羅列的單字類型也不太一樣。原本整齊的列表變成只有單字，而且只有希伯來文，鉛筆字跡寫得很大，像畫圖那樣畫出字母，而不是寫出來，就像她九月剛上小學的女兒奈歐咪一樣。

有幾頁上只會有一個字，例如「mapah——桌布」，或「yetziah——出口」、「koma——樓層」、「knesiyah——教堂」。其他幾頁則以希伯來文寫著完整句子，幾乎可以組成對話，而旁邊標註著某種歐娜無法辨識的語言，彷彿是每句話的翻譯：

「今天晚上可以見面嗎？」

「我什麼時候可以見到妳？伊蜜莉亞，我想念妳的味道。」

「我愈來愈常想妳了。」

筆記本裡也寫了人名。「塔迪伍施」這個名字被仔細地寫了多次，字體寬廣、圓潤。也有各種大小的「伊蜜莉亞」，以及「尼鴻」和「吉爾」。因為已經稍微了解伊蜜莉亞的生活，歐娜可以像讀故事那樣去看這些名字：「阿迪娜」是伊蜜莉亞照顧的老太太，「海娃」是阿迪娜的女兒，「吉爾」則一定是曾經幫過伊蜜莉亞、請她幫忙打掃公寓的那個律師。「尼鴻」是她剛到以色列時照顧了兩年的老人。「塔迪伍施」是曾經每週日都和她聊天的司鐸，曾在受警方詢問時堅持伊蜜莉亞不可能自殺。

在筆記本的最後幾頁裡，歐娜發現了自己的名字。

7

她會告訴他，沒有解釋就突然飛到國外幾天太不切實際。他會問為什麼，而她會說沒辦法整個週末留老公一個人照顧女兒們，會沒有人幫忙。她的婆婆完全派不上用場，而她爸媽都已經過世。她會再補充一點：除此之外，她能夠編出什麼理由讓她老公願意放人呢？總不能說要一個人出國放鬆（或放縱）一下，他會知道這太不像她。她也不能說要和朋友一起去，即使最後真的有勇氣和吉爾出國，她也不願意把這件事告訴任何朋友，要他們幫她說謊。她太擔心被發現。

她會叫吉爾放棄這個想法，而他會聽從。「即使我真的很想和你一起出國。」她會在信裡這麼寫道。「我們也必須將就於現在的咖啡店時光和這些信。你沒辦法想像我已經多久沒有兩天屬於自己的時間了。」

接下來幾天，他們只會透過信件聯絡，並且每天早上在咖啡店見面，吉爾不會提出超過這條界線的提議。但過了一陣子，他的信會開始變得勾人、哀求、充滿慾望。他會說當他和客戶坐在辦公室，腦裡想的卻全都是她，全是她那天早上和他說過的話，彷彿只要她開口，他就會願意離婚並離開他太太。五分鐘後，他會傳來另一封信，信上會說：「抱歉，刪掉上一封信吧。我知道妳要的不是這種關係，也不是故意給妳壓力。我會很有耐心地等妳，妳知道我在哪裡，如果有一天妳想要比現在更進一步（我們現有的已經很豐富了），我還會一直在那個地方。」

時間會來到四月，就跟他和歐娜開始交往的月分一樣。逾越節期間學校會放一段長假，艾菈會向他解釋，這段期間她不會來咖啡店，因為女兒們會在家，而保母需要休假。他則會說他要去波蘭和保加利亞幾天，所以也不會出現。

從十一月起就保護著咖啡店露臺的玻璃牆會被撤走，露臺會直接朝街道敞開，於是他們會移往空調鎮日開放的狹小室內。戶外將迎來春季的第一波熱浪，湛藍的乾燥天空會充滿沙塵和花朵的芳香，人們將脫去大衣，再次換上T恤。即使當兩人走到太陽下抽菸，艾菈也會穿著防風外套或輕薄的牛仔夾克。不過，在里加，這將會是有紀錄以來最冷的四月：月初將有十日風雪，河流將依然完全凍結。

吉爾會邀請她到他的公寓；公寓那時是空的，準備迎接五月來臨的夏季觀光客；而她會拒絕。他將不會再提到一起出國，但當說到自己將要出差，她卻主動想要了解細節。「你一個人去嗎？」她會這麼問。而他會說：「什麼意思？」

「我的意思是，我應該不是你唯一問過一起出國的有夫之婦，對嗎？你說你以前做過類似的事。」她會露出微笑。吉爾會先停頓一會兒，才輕聲說：「妳真的認為我現在有和其他女人來往嗎？」

她會要他別這麼敏感，並向他道歉。然後她會問：「但如果我們一起去了，到那裡要做什麼？你畢竟是去工作的。」吉爾會解釋他部分時間必須開會，不過其他時間他們可以四處走走，或者待在飯店，不用擔心被其他人撞見。他們能夠完全放鬆，跟在以色列時不同。

「但還在這裡的時候要怎麼做？難道一起搭計程車去機場嗎？」

「我會提早一兩天過去，先去處理工作，讓我們之後有時間相處，妳再來和我會合，這樣我們也不必搭同一班飛機。妳知道特拉維夫每天有多少班次飛往波蘭或是羅馬尼亞嗎？」

她會認真聽他解釋，彷彿在他解釋完這趟旅行大致如何進行後，她便能以不同的角度看待這件事。「那邊呢？」

「什麼那邊？」

「到了那邊的時候啊，我們會住在同間飯店？同個房間？平常都是這樣做的嗎？」

他會忽略最後一個問題，然後說可以是同間飯店，也可以是相鄰飯店。布加勒斯特或華沙有很多飯店，要怎麼住由她決定。但為什麼不住同間房呢？反正那裡沒人認識他們。

「你拍過照片嗎？我有點好奇，想知道那些飯店長什麼樣子。」她會這麼問。他會說他手上沒有照片，一來他出差時不會拍照，二來不一定每次都會住在同間飯店，不過他答應到了辦公室後會找參考連結傳給她。「妳這麼怕他，有點可惜。」他會做出這樣的評語，而她沉默不答。然後他會問：「艾菈，他能對妳幹麼？告訴我他會怎麼做？」而她會說：「算了吧，也許不是因為他。」吉爾會追問：「那是因為誰？」而她會說：「拜託，吉爾，放過我吧。」

那會是他們在這趟旅行前最後一次碰面。他會在出差時用電子郵件寄一張照片給她：傍晚時分的華沙舊城區，重新整修過的紅色皇宮外，廣場上滿是遊客和白色馬匹拉的馬車。她會回信，而他會注意到回信時間在凌晨三點。信上寫著：「我好像想到可以離開兩天的完美藉口了。我的報告啊，吉爾！我得去做專題報告的研究！我是不是天才？」

*

當他回來後，他會疑惑她是不是發生了什麼事。感覺她已經下定決心克服恐懼，只是還沒完全擺脫那種害怕的心態，也還沒完全接受自己所做的決定。這時學校還在放假，所以他們無法在咖啡店碰面。取而代之的是，他們會第一次在晚上見面，地點在雅孔公園。她會告訴先生，和女兒們待在家裡一整天後她要去呼吸點新鮮空氣，而他則會告訴露思要去健身房。他們會沿著河散步，和河岸邊的路燈保持安全距離，並試圖找一張位置隱蔽的長椅，但幾乎所有的長椅都已被占滿。她會再次讓他親吻、觸碰自己，當他放開她的手，她會繼續牽著他的。他覺得她應該會比較喜歡能夠消耗掉的禮物，於是在機場買了一條比利時巧克力棒給她。兩人一起吃著巧克力，她會交代如何向丈夫解釋要出國的藉口。她說在寫專題報告時要用到一份收藏在波蘭的關鍵文件，她得過去看那份文件，可能會有重要發現。她先生提議全家一起去——他可以請幾天假，孩子們也可以一起去玩，也許可以排在夏天，或者早一點在七七節[3]的假期——不過她堅持必須獨自前往：因為她所有時間都會拿去做研究，行程簡短，快去快回。「我還沒告訴他一定會去，但我覺得他應該會同意。」

他們在公園的時間只會有一個小時，在約會尾聲她會說，她幾乎可以確定一定能去了。

「妳怎麼突然決定要去了？發生了什麼事嗎？」他會這麼問。而她會說：「我不能屈服於恐懼，我沒有什麼好怕的。」然後他會環抱住她的肩膀說：「終於。」

3　七七節（Shavuot）為猶太教三大節日之一，時間在逾越節七週之後，大約五月底、六月。

他們會約好，吉爾在知道下次出差行程時告訴她。隔天，他會在信中寫道自己在下個星期要到布加勒斯特，只會待一天，他們可以在那之後到華沙或克拉科夫待兩到三天。

她會回信：「下個星期？這樣不會太快嗎？這樣我會有點壓力。你不能往後延一點嗎？」他則會回答，如果她答應要去，他可以把會議延後幾天。

她不會在當天給他答案，而且隔天不會出現在咖啡店裡。在店裡等待的吉爾會覺得可能有事發生，甚至可能是她老公發現了兩人的信件往返。不過當他進到辦公室，就會看到兩封她寄來的信。第一封寫著：「我會去。下下週末。我們可以四月三十出發，星期天回來。但我不知道在那之前還能去咖啡店幾次，我們最好暫時先用信件聯絡就好。」在第二封信裡（因為沒注意到，所以他其實先讀了這封信），她會寫下自己的英文全名和護照號碼，而他會在同一天訂好兩人的機票。

8

帥氣的年輕警探並不反對把伊蜜莉亞自殺案轉給歐娜．班哈默。他不知道她看上這起案子的哪個部分，但反正他現在忙著處理一系列蓄意破壞建築工地的事件。他之所以來到特拉維夫南區分局是出於人事處的安排，現在的他暗自對這個決定感到後悔，當初應該要堅持派往全國層級的調查單位，那才是他本來意願所在，也是父親對他的期望。每天一大早，當他開著那輛紅色雷諾 Clio Turbo 才剛進入地下停車場，心裡已盼望著下班回家。

歐娜被特拉維夫警區[4]調查情報局的負責大隊長伊拉娜．李斯召見，前往薩拉梅街警局大樓三樓。她試著向李斯大隊長解釋，為什麼她認為伊蜜莉亞的死因並非

4 以色列警察體制將全國分為六大警區（District），特拉維夫警區就是其中之一。每個警區底下再劃分為數個區（分局）。

A督察所假設的自殺：「我們有司鐸的證詞。他是伊蜜莉亞最親近的人，且曾明白表示不認為她會自殺。她是虔誠的天主教徒，對他們來說自殺是項罪過。第二，當時她即將前往里加，可能是去度假，也可能打算一去不回，這點我們並不清楚，但無論如何，為什麼要在出發的前幾天在以色列自殺呢？這沒有道理。再加上我們現在幾乎沒有驗毒報告，例如她體內有沒有約會迷姦藥物，當初沒有這些測試就很奇怪。」

李斯大隊長問歐娜介不介意她抽菸。這時李斯已進入癌症治療的最後階段，這將會是她留在工作崗位上的最後幾週，只是此時她並不曉得。歐娜示意請便，並說：「搞不好我會忍不住也跟妳拿一根。」她們過去沒有一起工作的機會，因為李斯之前是阿亞隆分局的調查情報主管，不到一年前才被任派到這個職位，她上任幾個月後，歐娜便請了產假。這也表示歐娜讀不懂眼前這名女人的表情，而這個案子是否值得繼續追查的決定權都在李斯手上。歐娜補充道：「最重要的是我們找到了什麼，或者具體來說，是我們在她自殺的那天晚上沒有找到的東西。她被發現在公車總站附近的建築物，離我們的警局只有兩百公尺，附近沒人看到她怎麼自殺，甚至沒人看過她，我不懂A督察怎麼能夠判斷她是在那個地點自殺。我們知道她在那天早上離開巴特央的護理之家，所以她在那附近走了一天一夜卻沒被任何一部監視器拍到？也沒人注意到街上出現一個情緒不穩定的女人？除了這些之外，妳看過有人自殺是在頭上套塑膠袋的嗎？」

伊拉娜．李斯把點燃的菸放在菸灰缸上。二十五年的警政生涯讓她見識過每一種可能的死亡，以及每一種想像得到的殘忍——無論是對自己，或者對他人殘忍。但她無意對歐娜說這些；歐娜的熱情令她想起十五、二十年前剛從耶路撒冷警區起步時的自己。當時她和先生住在城外村莊的老石屋裡，有個小花園，每逢雨日，房子周圍的松樹林便散發出強烈的生命氣息。

對於伊蜜莉亞．諾帝伏斯這件案子，A督察覺得只要靜待里加警方回覆就能結案，但歐娜還不願意放棄。「妳在電話上說有人帶了個箱子過來，那是怎麼回事？我聽不太懂。」伊拉娜說。

「我還不確定能在箱子裡找出什麼，不過裡面有些東西我想要仔細調查，也是我目前正在追的線索之一。」她告訴伊拉娜，箱子裡有伊蜜莉亞．諾帝伏斯的筆記本，上頭有些文字明顯是伊蜜莉亞的筆跡，其中提到另一名自殺的女性，名叫歐娜．

阿茲藍，住在何崙，四年前被發現死於羅馬尼亞的飯店房間。「那些文字看起來像是她從報紙報導中抄下來的，但我不確定為什麼要這麼做。」

「妳說『抄』是什麼意思？」

「她似乎會抄各種東西。」

「例如？」

「從任何地方看到的句子或文字片段，我還沒辦法確定出處。」

事實上，筆記本中有個片段不斷重複出現，而歐娜能夠確定它從何而來，但她不想向伊拉娜提到這件事。伊蜜莉亞曾經從教堂宣傳冊上多次抄寫同一篇故事，關於一個名叫大比大的女人死在雅弗，後來又被復活；那本宣傳冊就放在箱子裡。歐娜不希望伊拉娜知道這件事，害怕這可能會強化伊拉娜的假設，認為當時的伊蜜莉亞可能已經過度焦慮，以至於妄想自己會如故事中人物一樣復活，所以決定自殺。

「我們能夠確定那是她的筆記本嗎？」

「確定，看起來確實是她的。應該是她用來學習希伯來文的筆記，可能是她自己整理，或者其他人為她整理的。她從報紙上抄的內容占了兩頁，其中一頁就是以色列女子自殺的那篇報導。我不確定她怎麼找到那份報紙，就我所知，歐娜．阿茲藍自殺以及那篇報導的發表時間都是在伊蜜莉亞．諾帝伏斯來到以色列之前。」

伊拉娜．李斯捻熄香菸，起身打開窗戶，讓新鮮空氣灌入室內。每個動作都極其困難，尤其是重新坐回那張黑色辦公椅上；她已經在皮椅上放了三個軟墊。她試著不表現出痛苦。「我不懂的是，為什麼妳會認為這件事讓伊蜜莉亞的自殺事件有了疑點？不是應該正好相反嗎？她在某個地方找到了那份報紙，讀到有個以色列女人在異國自殺，於是激起她在這裡自殺的念頭。不是這樣嗎？」

「伊拉娜，一開始我也是這麼想，妳也可能是對的，可能這就是實際經過。但我去查了歐娜．阿茲藍的案子，發現她的自殺方式同樣也很不尋常，她用電線勒死自己。而跟伊蜜莉亞案子裡的司鐸一樣，每個認識阿茲藍的人都說她不可能自殺，一定是遭人謀害。妳不覺得這很奇怪嗎？這兩個女人都被熟人認為不可能自殺，她們看起來互不認識，其中一人的名字和新聞報導卻出現在另一個人的私人日記裡？而且日記裡還寫了羅馬尼亞某間飯店的名稱和地址——就算不是歐娜．阿茲藍自殺的那間飯店，也還是夠奇怪了，妳不覺得嗎？」

伊拉娜・李斯放在桌面上的手機震動，她瞄了一眼，不滿地嘖了一聲，便將手機翻面。「聽起來像是巧合。發生在羅馬尼亞的那起自殺案，是我們調查的案子嗎？」她說。

「不是，以色列這邊根本沒有展開調查。那名女性的家人不接受羅馬尼亞的調查結果，所以曾經要求我們調查，但被告知案子已由布加勒斯特調查過所以結案了。」

一絲痛楚閃過伊拉娜背部，令她挺起身體。接著她告訴歐娜：「我不介意妳接手這個案子，妳可以查到滿意為止，但我真的不懂，妳要怎麼從這裡去查一件布加勒斯特的自殺事件。」

首先是要求羅馬尼亞警方提供關於歐娜・阿茲藍命案的所有細節，並把檔案翻譯成希伯來文。她在海法找到一名來自車諾維次[5]的翻譯，通過電話後，她覺得應該要好幾個星期才能收到譯文：對方是名七十八歲的老人，要求透過傳真接收檔案，因為他不太會用電腦。不過，她在隔天下午就收到了譯文的傳真。歐娜請母親多照顧女兒們兩小時，以便能拖到六點以後才到家。她完整讀了檔案內容兩次後，立刻開始打電話。

雖然這時沒辦法聯絡到羅馬尼亞的證人（他們大部分都是歐娜遺體所在的特利安農飯店的員工），不過她設法找到了以色列這邊的證人，也就是歐娜的朋友和親屬。隔天，她辦公桌另一側便坐了一名矮瘦男子，長髮在腦後綁成馬尾；這麼多年過去，他的頭髮灰白很多，如果不是因為臉上的表情和身上的味道，妳可能認不出那就是羅能。她問他是不是歐娜的先生，而他不小心答了「是」，隨後又澄清是她前夫。她問到兩人什麼時候離婚，為什麼羅馬尼亞警方的檔案裡仍稱他為歐娜的丈夫。羅能回答，他們在謀殺發生的一年前就已經離婚，不過他向羅馬尼亞警方自稱是她先生，是為了施加壓力，好讓他們知道「歐娜不是孤單一個人，她的家人們不會讓他們輕易放過這個案子」。

他從褲子後口袋拿出的淺褐色皮夾、手機和鑰匙串都放在桌上。他問歐娜為什

5 Czernowitz，烏克蘭西部偏南的一個大城市，同名州的首府。

麼想找他問話，她暫且不答，只說出於家屬一再請求，以色列警方正在考慮調查這件案子。

「終於啊。所以妳想知道什麼？」

歐娜裝作還在遲疑，不確定這起案子是否真的還有值得調查的空間。「我看過你們提出的要求和文件，坦白說沒辦法完全說服我。我知道你們離婚並不平順，你先是離開以色列，然後又回來想要搶走她兒子，這在我看來足以解釋她為什麼會做出那樣的決定。所以，能不能請你解釋一下，為什麼你不覺得她是自殺？」

「因為歐娜沒有自殺。她不會自殺。我們離婚不平順又怎麼樣？她當然會遇到困難，每個人都一樣，但整體來說她是快樂的，她不會丟下伊藍一個人走掉，絕對不會。她絕對不可能丟下伊藍。」

「伊藍是你兒子？」

「伊藍是我們的兒子。她連離開他一天也不願意，所以絕對不可能自殺。而且，我之所以回以色列，不是像妳說的要從歐娜身邊搶走伊藍，我只是回來看他。」

「那她為什麼會去羅馬尼亞。」

「什麼為什麼？」

「她去了羅馬尼亞，但伊藍沒跟她一起。你說她就算離開兒子一天也不願意，那她怎麼會沒有伊藍陪同就去玩好幾天？也許她出國就是為了離開他，好讓她能夠動手？」

羅能穿著褪色的紅色T恤，是歐娜以前最愛的那件。長褲倒是新的。他沒刮鬍子，尖臉上滿是灰鬍渣，腳上的棕靴笨重且滿是塵埃。「我不知道她為什麼會去那裡。真的不知道。這點值得研究，而且我不覺得有人問過這件事。也許她出國是伊藍當時要和我在合作社區住幾天，所以她有時間好好放鬆。但要說她打算永遠離開伊藍？絕對不可能。」

她問羅能覺得歐娜發生了什麼事，羅能說不知道，但他很確定有人殺了歐娜，她沒有自殺。羅馬尼亞的調查結果是，從歐娜抵達飯店起，就沒有目擊者看到她與其他人同行，也沒人看到任何人進出她的房間，除了她自己。不過，飯店走廊上並沒有監視器，當然房間裡也沒有。

歐娜小心地說道：「恕我直言，你會這麼相信，也許是因為這樣對你來說最輕鬆？你們兩人當時的狀態，包括離婚還有對兒子的爭執，可能就是她會自殺的其中一個原因，不是嗎？你現在會這麼說，有沒有可能是出於愧疚？」

「我當然愧疚，這份愧疚感永遠不可能消失，但那不是我這麼說的原因。我之所以這麼認為，是因為我知道歐娜沒有自殺。」

「她傳給你們兒子的那封告別信呢？」歐娜念出翻譯後的內容：「歐娜明確寫到她想死，發生那麼多事情之後，她覺得活不下去了。她是這麼寫的，對吧？」

羅能突然動了怒：「就是因為這樣——為什麼她要寫那種東西給伊藍？如果今天是妳要自殺，妳會寫那種東西給自己兒子嗎？而且裡面寫的也不是真的。那天他們講電話時，她看起來很好，還說買了禮物要給伊藍，他們後來也在房間找到那些禮物。所以她為什麼要對他說那種話？而且她的手機在哪裡？為什麼那些羅馬尼亞警察沒找到？她用手機傳了道別信然後自殺，接著手機就不見了？」

歐娜解釋，布加勒斯特警方認為手機被發現遺體的飯店清潔人員偷走了，不過她也覺得這個理由不足以信服。幾週後，特利安農飯店其中一名資深員工因為涉嫌多年來持續偷竊住客的手機、珠寶和錢財而遭到逮捕，警方曾訊問過他是否可能涉入歐娜．阿茲藍的命案，但他否認偷竊她的手機，而且根據飯店的紀錄，她死的那天，他並沒有上班。

她開始改問羅能比較簡短的問題，語氣也溫柔一些。「你知道她有沒有同行的旅伴嗎？任何可能和她一起出國的人？」

他說不曉得。

「當時她有和其他男人交往嗎？無論國內或國外？你覺得以歐娜的個性，她會在國外的酒吧或餐廳認識男性之後帶對方回飯店嗎？」

他表示應該不可能。

「她曾經提過一個男人叫塔迪伍施嗎？」

「塔迪伍施？」

「對。」

「沒有。」

「尼鴻呢？或吉爾？」

「都沒有。為什麼問這些名字？」

「歐娜認不認識一個住在以色列的女人叫伊蜜莉亞？她是拉脫維亞人，全名是伊蜜莉亞．諾帝伏斯。」

她不斷提出各種可能，羅能都予以否定。當她問到伊藍現在住在哪裡，他回答「跟我住」，她又問道：「印度嗎？就我所知那是你現在住的地方。」

「我從來沒住過印度。我們之前住在尼泊爾，不過已經回到以色列了，現在住在何崙。發生這麼多事之後，我不希望讓伊藍搬到另一個國家。」

歐娜說她也住在何崙，問他們住在哪裡，發現一個在東一個在西。

「只有你們兩個住嗎？」

「不是，還有我再娶的太太和她的孩子——我們的孩子——還有伊藍。」

露絲、庫爾特、湯瑪斯、彼得和尤莉亞，以及還是嬰兒的琳恩，她在他們搬到以色列兩個月後出生。伊藍現在和他們住在一起。尤莉亞這時十二歲，她在前一年開始突然抽高，身高幾乎要追上兩個哥哥，已經比伊藍高出一個頭。她和伊藍還是住在同個房間，但不會在彼此面前換衣服了，睡前也比較少聊天。

歐娜迅速思考了一下，問起羅能：「你覺得我有可能和伊藍談談嗎？」

「我不知道。我不確定重新想起這些事情對他來說好不好，我可以先跟他的諮商師討論嗎？也許能有一些建議。」

「當然，你可以現在就打給他。如果他希望在我們談話的時候在場，我完全不介意。」

「不過為什麼妳需要找伊藍？妳希望他能告訴妳什麼嗎？」

她不確定該如何回答，因為沒辦法說她只是覺得自己必須去看伊藍。

9

在他們預計出發的前三天，以色列兩大日報的社會版會同時刊出一篇幾乎完全相同的報導。《以色列今日報》的標題會寫：「羅馬尼亞警方重啟調查以色列女性身亡案件」；而《新消息報》則是：「布加勒斯特飯店自殺案其實是謀殺？」兩篇報導都會刊在內頁，並不特別顯眼。

報導內文會說明，布加勒斯特警方基於最近幾週獲得的新資訊，已重新開始調查歐娜．阿茲藍的命案，這名育有一子的三十八歲離婚女性，當初被發現陳屍在羅馬尼亞首都的飯店房間。先前被遺漏的櫃檯接待人員證詞提供了新的調查方向，布加勒斯特警方因而擴大調查範圍並收集更多證據，隨後發現阿茲藍曾在死亡數小時前與一名不明男子碰面。羅馬尼亞警方推測該名男性為當地人，但也不排除為以色列公民的可能。布加勒斯特方面已根據新的事證和影片繪製了該名男性的畫像，並透過羅馬尼亞的以色列大使館轉交給以色列警方。

《以色列今日報》還會附上一張小小的歐娜的照片——就跟伊蜜莉亞找到報導上的照片一樣，是當初案子剛見報時用的照片——以及警方提供的該不明男性的黑白素描。報導最末會提供這起案件的細節摘要，提醒讀者為什麼當年以色列媒體曾短暫注意過這個案子，一方面是因為家屬堅持阿茲藍是遭人殺害，不是自殺，另一方面也因為她還有一名年幼的兒子。

她會用手機拍下報導，傳給吉爾，在照片下面寫道：「嘿，這個不是你對吧？我應該要害怕嗎？」幾分鐘後，她會傳給他另一封信：「你今天不來咖啡店了嗎？要逃跑了嗎？」即使只是輪廓而沒有細節，警方素描中那名男子的臉也會跟她所熟悉的吉爾大致相似，臉型圓且寬、淡色眼睛，髮量相對豐厚。

他整天都沒有回應，於是她會在晚上傳出另一封信：「跟你說一聲，我只是開玩笑的，沒有要惹你生氣的意思，希望你別介意。只是因為那張畫跟你很像，我們又剛好要去布加勒斯特，我只是覺得很好笑，你應該懂吧？總之，你本人比較好看，沒那麼像羅馬尼亞人。你開始打包了嗎？我已經開始在腦袋裡整理行李了噢。」不過就在那天晚上，吉爾會向她取消行程。他會簡短寫著臨時有事得留在以色列，過幾天會和她聯絡，而她會在凌晨三點回覆一封錯愕的短信：「為了這次行程我經歷這麼多事，你現在卻說要取消？你開玩笑的吧？」

早上在咖啡店，她會寫下一封篇幅更長，態度也更尖銳的回信：「吉爾，你認真的嗎？我為了出國編出一大篇研究報告的故事，說要去看根本不存在的典藏文件、說要和想像中的學者見面，然後你現在說要取消？有什麼工作會這麼急？還剛好就在那個週末？我希望你了解這是我們唯一的一次機會，以後也不會再有了。」她會在咖啡店待到十一點，沒寫下半個字，比平時更常到店外抽菸。隔天她會回到店裡等吉爾，不過十點時就關上筆電，坐計程車回家。

到了晚上，她會嘗試另一種比較溫和的策略。她會在信中問他能不能至少解釋發生了什麼事，好讓她放心，讓她知道他沒事、沒出什麼意外。他不會回信，而隔天她不會寫信，也不會去咖啡店。夜裡，她會做出以前從沒做過的舉動，試圖從手機打電話給他，但會發現他已經關機，且無法留言。

她會在星期四晚上寫下最後一封信，而吉爾會在星期五讀到。信不會有主旨，不過內文會是這樣：

事情是這樣：星期一，我只是出於開玩笑的心情寄了一篇羅馬尼亞某個女人的報導給你，但接下來的事情真的讓我不知道該怎麼想。**所以那個人是你嗎，吉爾？我應該要去報警嗎？**你跟那個女人有什麼關聯嗎？你是不是對她做了什麼事，現在才這樣消失？我一直胡思亂想，覺得要瘋了，可是話說回來你到底在怕什麼？為什麼突然人間蒸發！你幾天前的態度都還那麼確定，不斷要我放心、讓我相信沒有什麼好顧慮的，兩個人一起出國會是多麼容易的事，但現在呢？如果你再不回信解釋到底發生什麼事、為什麼避不聯絡，那我覺得我真的會去報警，告訴他們我覺得那個人就是你，而且你還打算把我也帶到羅馬尼亞，**搞不好還是住在同一家飯店！？**我現在給你機會解釋清楚，省得我繼續疑神疑鬼，而且一直想到本來這個時候我們就會第一次真正在一起！光想就讓我全身發寒。我對每件事都後悔。

吉爾會在幾小時內回信，但完全沒提到歐娜、羅馬尼亞或是新聞。

他會說，抱歉，他有件稅務稽核的案子要趕，整個星期都到處奔波找文件。他知道她很失望，不過他更失望，他答應會好好彌補她。如果她還願意去，他保證兩人能找到其他機會。當沒收到她的回信，他會打電話給她，而她會在臥房壓低了聲音接電話。吉爾的聲音聽起來會很放鬆，這次，他會提到那則新聞報導：「妳最後一封信上說的那些，不是認真的吧？妳覺得我是殺人犯，跟覺得我像照片裡那個男的，我不知道哪種比較侮辱人。」而她不會回話。

接著他會說兩人週末要見上一面才行；而她會小小聲地說，門都沒有。他會堅持，並解釋他是要道歉，務必得到她的諒解。她會說現在沒辦法再聊了，掛斷電話。他會在五分鐘後再次打去，她不會接，但他會繼續打，直到最後她在廁所裡接起，求他現在不要再打了，星期天兩人可以在咖啡店碰面。

但吉爾等不及了。她會聽到他說：「妳知道嗎，不是只有妳才能威脅人。我也可以威脅妳，對吧，艾菈？」

她不會馬上回話，幾秒鐘後才會說：「吉爾，你這話什麼意思？」

「如果妳老公看到我們的信會怎麼樣？肯定會很有興趣吧？他一定也會想知道妳為什麼取消研究行程。」

她會坐在浴缸的邊緣，閉上眼睛，然後重新睜眼，說隔天可以和他碰面，星期六，但只有半小時。她會問他想約在哪裡，而他會說雅孔公園。

「不行。抱歉，但是不行，我不可能在星期六下午和你一起走在雅孔公園。」

他會改為提議約在他的公寓。

「你確定那裡沒有人會看到我們？」她會這麼問。他會保證沒人會看到。

她會把地址背在腦中，不會寫下來。

第二天當她抵達時，吉爾會在公寓等她。

她會在黑暗中走上樓梯，不去開燈，並站在公寓門外一會兒。

然後她會敲兩次門，接著再敲一聲。

10

和伊藍會面的地點在諮商師位於特拉維夫的辦公室，時間是她見到羅能的兩天後。諮商師事先在電話中提醒過，要讓伊藍談到之前的事可能會非常困難。當天，當歐娜走進位於一樓面向蔭鬱內苑的辦公室，站在通往伊藍所在房間的走廊上時，諮商師對她說：「如果到時候我覺得有必要中斷談話，我建議就先暫停，隔幾天再繼續，可以嗎？」

伊藍已經不是孩子了，一見到他，歐娜馬上注意到他和羅能的相像之處。他的黑色雙眸直直地看著歐娜，就像羅能和她第一次碰面時那樣。她和伊藍握手，在離他最近的木椅坐下，而他坐在紅色扶手椅上，將手機塞進大腿底下。諮商師起了頭：「伊藍和我已經稍微談過妳今天來的原因，不過也許妳會想要再詳細解釋一下？」

歐娜說，出於家屬的請求，她正在重新調查伊藍母親發生的事，希望能問伊藍幾個問題。歐娜事前和諮商師在電話中達成共識，不會把新發現的資訊告訴伊藍，以免讓他有過多期待，因為羅能有時會這麼做；同時歐娜也同意暫時不問他有關父母離婚或相處的事。

歐娜拿出一個新的檔案夾，裡面放著她希望和伊藍討論的問題清單。諮商師的態度極度保護，有他在場實在令人分心，歐娜希望能請他離開，就像她堅持羅能不要待在房間裡一樣。諮商師坐在自己的扶手椅上，就在她的對面，好讓她能坐在伊藍旁邊，而不是如她本來希望的那樣和伊藍面對面。她覺得她和伊藍其實都不需要諮商師在場。

「那天最後一個和媽媽說話的人是你嗎？」她開始提出問題，雖然報告中已經載明這題的答案。

那天的對話並不長：

「親愛的，你好嗎？」

「馬麻我很好。妳現在在哪裡？」

他問妳的最後一件事是他能不能和爸爸多住幾天，而妳說不行，因為妳很想他。

「因為我知道的資訊不多，所以希望你多說一點那通電話的情形。你有沒有感覺到媽媽的行為或講話方式哪裡不對勁？或是記不記得她說了什麼讓你驚訝的事？或是有沒有看到奇怪的東西？你們是用Skype聯絡，對嗎？」

伊藍看向坐在對面的諮商師，又看向地毯。

她曾在事前的電話中問過諮商師，能不能向伊藍提起歐娜是自殺的可能性，而他說可以。伊藍已經知道這點，而且這幾年來他們大部分的諮商也都試著讓他相信，她並不是因為他而自殺，也不是因為他去和羅能以及羅能的新家庭住。這也是這場會面如此重要的原因。那時諮商師說：「我不知道妳確切想要找到什麼資訊，但只要有一點可能性顯示歐娜並非自殺，而是發生了其他事情，對伊藍來說都會非常重要。也因為這一點，我才認為這次碰面是必要的。」他也說他們通常會用「決定結束生命」這個說法，而不說「自殺」，不過伊藍有時會說「媽媽把自己殺掉了」。

「你還記不記得媽媽那時候心情如何？像平常一樣嗎，還是有點不同？」她問。

伊藍回答時還是沒看著她：「跟平常一樣。」

「你跟她講電話時，她是自己一個人嗎？你有看到其他人在她房間嗎？」

他沒看到。

「那她有沒有提到她跟誰在一起？或者在那邊認識了誰？」

他不知道。

「你記不記得，媽媽在出發前幾天有沒有說過心情如何，或是她當時遇到的事情？你有沒有覺得她心情不好？」

那是她唯一後悔的問題。伊藍當年才九歲，父親在缺席好幾個月後來看他，他能察覺到什麼呢？她決定改變方向：「我想問一些別的問題，有的聽起來可能很笨或沒有邏輯，不過我的工作有時候就是這樣。」

諮商師對兩人都笑了一下，然後說：「我們也一樣，對吧？」

「媽媽有沒有提過一個叫伊蜜莉亞的女人？」

沒有。

「她不是以色列人，是從國外來的。伊蜜莉亞·諾帝伏斯？」

伊藍搖搖頭。

「那有沒有說過一個男人叫塔迪伍施？」

伊藍的眼神還是在諮商師和地毯之間來來回回，但當她問到「你聽過吉爾或尼鴻這兩個名字嗎」，他突然抬起頭，用那雙可愛的眼睛看著她，點了點頭。

「哪一個？」

吉爾。

他說那是媽媽的朋友，他們以前會一起去看電影，還曾經一起去耶路撒冷。諮商師確認歐娜曾經提過有個朋友，但他不記得名字。

雖然她又追問伊藍「你還記得吉爾姓什麼嗎」，不過這時的她其實還不曉得，這一刻將會完全改變她如何看待這件案子。他不記得。目前的調查方向認為歐娜的死可能跟伊蜜莉亞自殺案有關，但她不想讓這兩個人知道，因此又加了幾句：「我很想跟吉爾談談，希望他能多告訴我一些關於媽媽的事。你還記得媽媽有沒有講過關於這個人的事嗎？他在哪裡工作之類的？」

伊藍不記得。但當歐娜問及「你曾經看過他嗎」，伊藍馬上說他看過對方三次。

「你記得在哪裡或是什麼時候嗎?」

他記得所有細節。他記得他們去迪岑戈夫中心看《馴龍高手》時,曾在電影院售票處旁遇見吉爾,當時吉爾帶著另外一個女人還有兩個年紀比伊藍大的女孩,而歐娜向伊藍介紹他是誰。另一次伊藍是在遠處看到他,時間應該比電影那次更早:吉爾坐在車裡,他來接媽媽一起去耶路撒冷,伊藍在窗邊看著她上車並揮手說再見。

伊藍對第三次碰面的情形難以啟齒,諮商師試圖介入幫忙。他問伊藍能不能由他告訴警察發生的事,伊藍點頭後,諮商師便說伊藍曾在家裡看過他。歐娜當時沒告訴他吉爾會過來,也不曉得伊藍半夜時曾經醒來,看著睡著的他們。歐娜隔天也沒提起這件事。事實上,他們從來沒談過。歐娜在羅馬尼亞出事的幾個星期後,伊藍才在諮商時說到這件事,當時他是要舉例媽媽會隱瞞一些祕密沒告訴自己。諮商師試圖說服他,歐娜並不是要隱瞞,只是還沒找到時機說,畢竟幾天後她就出國了。

歐娜突然繃緊神經,問他們知不知道確切的時間點。她記得親友們都在證詞中表示,歐娜在前往羅馬尼亞前的幾週裡並未和人交往。

「我好像有寫在以前的筆記裡。」諮商師說。不過伊藍已經彎下身體,手伸向腳邊的藍色背包，拿出歐娜送給他當生日禮物的棕色筆記本。

伊藍看到歐娜和吉爾的日期就寫在筆記本裡。他把日期告訴她，然後往回翻了幾頁後又補充道：「如果找他講話對妳有幫助，我還知道他開什麼車。紅色的Kia Sportage，他來載媽媽去耶路撒冷的時候我有看到。」

那天晚上，歐娜在得到監理所的第二次回覆後，就打給了伊拉娜·李斯大隊長。第一次的答案不如預期。聘請伊蜜莉亞·諾帝伏斯打掃公寓的那位律師，吉爾·杭札尼，名下有兩部車：一輛鐵灰色的豐田C-HR，和一輛福斯Polo。歐娜在她羅列問題的那張紙上不斷塗鴉著藍色的方塊，然後問對方：「C-HR那輛是豐田的新車對不對？我要找的不是那輛車。你能不能告訴我他在這兩部車之前還擁有哪些車？」

打給伊拉娜·李斯時，她幾乎已能確定自己的假設是對的，伊蜜莉亞的死和歐娜的死確實有關。

「我不太懂妳現在的意思，妳是說這兩起命案是他造成的嗎？」伊拉娜說。

「我還不確定。但很明顯他認識這兩個人，而且他還和歐娜有過婚外情，甚至可能和伊蜜莉亞也是如此。又或者他和伊蜜莉亞的情況不一樣，然後她在某種情況下發現了他和第一件命案有關，這些都還不確定。不過，這或許能解釋她在筆記本裡寫的東西。現在能夠確定的是，這兩個人疑似都以罕見的方法自殺，但所有與她們親近的人都無法理解自殺的理由，而且兩個人都認識他。」

「解釋一下所謂的『疑似』。」

「我們已經知道的事實是，伊蜜莉亞確定曾為名為吉爾．杭札尼的律師工作。而歐娜在出國之前，曾和一位叫吉爾的男子交往，對方車子的車型和吉爾．杭札尼在那段時間擁有的車型一樣。所以，伊拉娜，我假設他們是同一個人，但還沒有確切證據。當然，我在查證了。」

伊拉娜．李斯走進書房，在開啟的窗邊點燃香菸，以免丈夫和孩子聞到菸味。這時的她沒穿制服，而是穿著黑色襯衫和黑色運動褲，外加一件綠色開襟厚毛衣。她一邊看著口中吐出的菸散入夜色，一邊問道：「怎麼個查證法？」

歐娜表示，她想知道在歐娜疑似自殺那天，吉爾．杭札尼人在哪裡——是布加勒斯特，還是以色列——還有他在伊蜜莉亞的遺體被發現那天的行蹤。她想知道更多關於這個人的資訊，過往歷史、和女性的交往關係，但不想透過他的家人或身邊的人，以免打草驚蛇。事實上，這時的她離確信這兩個吉爾是同個人還很遠，不過已經決定往這項假設靠攏一些；當她後來被問到為什麼會有這樣的決定時，她其實也答不太上來。她想要取得吉爾電話的通聯紀錄、在以色列出入境的確切日期；雖然這時還有些言之過早，不過她也想申請監聽他在辦公室和住家的電話。

等到伊拉娜·李斯授權進行祕密調查後，歐娜才把這件案子告訴她的先生，阿伏涅爾。他看得出她有多煩躁，所以即便已經累了，也還是盡量專心聽著。他關掉女兒們的床頭燈、蓋好她們的被子，然後幫自己和歐娜泡了兩杯咖啡，好讓眼睛不至闔上。兩人坐在廚房裡，歐娜說著從在伊蜜莉亞·諾帝伏斯的筆記本裡讀到歐娜·阿茲藍的報導後，便感受到的那種迫切，並在與伊藍的談話中發現進展有所突破，她也是直到這時才第一次能考慮兩件案子彼此有關。

「如果最後查出來是真的，那妳能看出這一點真的非常不可思議。」阿伏涅爾顯然頗為震撼。

「我幾乎能確定這是真的了。你知道嗎？這都要感謝她兒子，沒有他就沒辦法確認兩件案子的關聯。」她告訴阿伏涅爾，自從海娃．亞夏把伊蜜莉亞的箱子帶到她面前那天起，她便感覺有股力量堅持將她推向這件案子，不願放手。她從來沒有過這種感覺，即使以前參與那些重大案件時也不曾如此。

「因為剛好休了產假吧？」阿伏涅爾提出自己的想法。「畢竟在家裡待了四個月，妳需要發揮一下自己的長才。」

「我覺得不是。我覺得自己像是注定要遇到那個孩子，你懂那種感覺嗎？」

但他不懂。然後他就惹她生氣了，因為他說她其實從以前就是這樣，極度積極地想證明自己、努力爬到頂端，如果這件案子的實情如她預期，那就會是她向所有人證明自己能力的大好機會。

她在他睡著之後還繼續醒著很久。她在半夜三點爬起來餵丹妮兒，並安撫覺得有陌生人闖進屋裡而大哭的蘿妮。即使經過這些波折，她還是比阿伏涅爾早起。彼時天色仍黑，她泡了一杯甜甜的茶配上檸檬，在餐廳緊閉的窗邊啜飲，看外頭的雨打在窗上，喝完後起身準備女兒們的早餐並打包她們的午餐。

案情在五天後有了第二次的突破，當時她決定向吉爾的鄰居出示歐娜和伊蜜莉亞的照片，但不交代她們和他的關聯。她在早上十點過後不久抵達吉爾家，以確定吉爾和他太太都出門上班了，然後逐一拜訪大樓裡的每戶人家、出示照片，並詢問有沒有人看過這兩名女性。一直要到問及二樓的住戶時，她才意識到找錯大樓了：他沒有帶歐娜來過這裡；根據伊蜜莉亞寫在筆記本裡的地址以及吉爾最初告訴A督察的證詞，伊蜜莉亞打掃的那間公寓也不在這。

她在便衣警探的陪同下前往吉瓦坦因那棟正確的大樓，敲了吉爾．杭札尼的公寓家門。沒人應答，於是她再次開始循戶遞照片。

對門的那戶鄰居不認得歐娜，但當看到伊蜜莉亞的照片時，她說：「我知道這個人，我敢肯定。她以前曾經幫對面那戶打掃公寓。」

這是歐娜已經知道的事，但這名鄰居接下來說的她就不曉得了。

她問鄰居是否曾和伊蜜莉亞說過話，而她回答：「事實上，有，我們偶然聊過一次。有次她在的時候我去敲門，問她能不能也幫我們家打掃，因為我們本來的清潔工被遣送，但她拒絕了。」

「妳記得最後一次看到她是什麼時候嗎？」歐娜問。

「最後一次？應該不記得了。但我記得有天晚上看到她過來。那不是她平常來的時間——我記得那是星期五還星期六，當時我覺得奇怪她在這裡幹麼，是改成週末來打掃嗎，還是沒告訴吉爾就自己偷跑來，因為他都會把鑰匙留在總電源箱裡給她。我甚至想說要打給吉爾，問她是不是不應該在這裡，但我其實沒有吉爾的電話，而且也不想給她找麻煩。她發生了什麼事嗎？」

鄰居說不出看到伊蜜莉亞在吉爾公寓那晚，是哪一個星期五或星期六，不過歐娜毫不猶疑地深信，就是她的遺體在加里街被發現的前一天。突然她意識到，也許他曾經還有過其他女人，或者現在這個當下還有其他人。「從那之後妳還有看過其他女人來這裡嗎？」

鄰居看著她的表情彷彿聽不懂問題。「妳是說其他女人來打掃嗎？」

「來打掃，或是常常來這裡的人。」

「他們在幾個月前重新裝潢了公寓，我不覺得裡面有人常住。他們應該是把房子租給短期觀光客，很多時候都是空房。但我不太懂你們想找什麼，是要找這個女的嗎？我好像還記得她的名字，叫伊蜜莉亞，對吧？」

「沒關係，我再去問他們好了。」她感謝那位鄰居，然後轉身去敲吉爾家的門，即使知道他並不在家。她在吉爾家門前等到鄰居關門進屋。雖然經過重新裝潢，但吉爾公寓仍保留同一扇老舊的棕色木門，上頭還是沒標住戶的名字，仍只有原本那個稍微生鏽的銅製門號數字：「3」。

11

他會面色凝重地前來開門，看起來又蒼白又緊張，彷彿已經幾天沒睡。剛見面時的他會沉默不語，而她就那樣站在門口，面對幾乎空無一物的公寓，惴惴不安、不知該如何自處，不曉得該去哪裡，也不曉得他希望在哪裡討論兩人之間的事。

餐桌還會是同一張餐桌，會有伊蜜莉亞買的繡花桌布和柳條編籃，籃裡沒有水果。桌上會有一只玻璃杯，熱氣蒸騰，而吉爾會指著杯子問她要喝水嗎。當她說不想喝任何東西時，他會問：「我剛才泡了加糖的檸檬茶，就是一般的茶，我也去幫妳泡一杯，這樣可以嗎？」

她還是有機會能起身逃離，但仍會繼續坐著。他會把茶放在桌上，在她旁邊坐下，而她會語氣尖銳地說：「能不能請你解釋一下為什麼要威脅我？」

吉爾會露出近乎訝異的表情：「我什麼時候威脅妳了？」

她會回答：「這話什麼意思？難道你沒有威脅要把我們的信拿給我老公看，還說要告訴他出國的事嗎？」

「妳知道我不會真的那麼做，但只有這麼說妳才會來見我。」他會這麼說。

每個房間都會有股淡淡的油漆味、膠水味和潮溼的氣息，取代在整修期間滲入房間各處的中國移工的菸臭。廚房、浴室和廁所將會全部整新，其他房間則會鋪上拼木地板。那兩間伊蜜莉亞當成自己房間般徹底打掃的小臥室，將會擺入他獨自從Ikea買來的家具。大間臥房裡的木製衣櫃將會換成新的，改為玻璃拉門。而在面朝花園的那扇窗邊（伊蜜莉亞以前常在花園裡看到尼鴻，歐娜也曾喜歡在這看著屋旁的高大樹木隨風搖曳），原先的百葉窗將會改為電動，掛在窗沿的銅鈴也會被撤走。屋裡會有一只行李箱，裝著衣物、盥洗用品、一萬謝克爾現金和一套極端正統猶太教派[6]服裝：黑色外套、黑色圓盤氈帽，與那個星期才在貝內貝拉克買的假髮。在某個抽屜裡，會放著兩本護照及兩張機票；護照上都是他的照片，但是名字不同，而機票各自飛往不同目的地，他還不確定自己用不用得上。

她不會喝吉爾泡的那杯茶，但會用手包覆住馬克杯，並在他試圖觸碰她時將手縮回。他會說：「抱歉我取消了行程，但我真的沒得選擇。妳可以原諒我嗎？我們之間的事不會改變的，一切都會好轉。」而她會說：「吉爾，你必須明白——我沒辦法相信你了，一個字都不信。不只是因為出國的事，而是因為你的威脅。我來是希望你答應我一件事，說完就會走。我希望你聽完我的話，然後理性一點，讓我們好好地結束，可以嗎？」他則會回答：「當然，只要妳願意都可以。」

這時要走其實還不算遲。夜晚初降臨，天色才剛要開始黑，外頭會是異常安靜的週六夜，無車經過。

「我已經不相信你了。就只是這樣，我們已經無話可聊。我不想知道你為什麼會找上我，為什麼要我和你一起出國又在最後一刻取消，或者你到底想從我這裡得到什麼。我不想知道你是誰或者想要什麼，不管你到底是不是律師、有沒有結婚，

6 正統猶太教派是猶太教中的保守教派，也是人數最多的派別，而極端正統教派又是正統派其中最保守的一派。此處原文使用的詞為「ultra-Orthodox」，對教徒來說帶有貶意，一般來說他們會自稱「嚴格正統派」（strictly Orthodox）或「哈雷迪」（Haredi）。不過，此中文譯本是由英譯本翻譯而來，而上述詞彙的差別也是基於英語詞彙而異。

我現在就是非常害怕你這個人，還有你可能會對我的生活造成的影響。你有在聽嗎？現在我要請你刪掉我的手機號碼，還有我傳給你的簡訊和信，就讓我們結束這段關係吧。我也答應會刪掉你的訊息，之後也不會再跟你聯絡。這樣你同意嗎？」

他會看著她好一會兒，彷彿正在考慮，不過最後會說：「好，我答應妳。雖然我不喜歡這樣。我真的沒有要傷害妳的意思。」

「所以你會把所有東西都刪掉？不是明天，而是現在？可以現在刪完讓我看嗎？」

「如果妳希望這樣，那我就照做。我工作的電腦不在這裡，但可以用手機。」他會先從口袋拿出一支她不認得的手機，把它放回去，然後再拿出她認得的那支。他會把手機放在桌上。「但我想知道：妳真的覺得我是報紙上那個人嗎？妳覺得我傷害了那個女人，也想要傷害妳？」

她會這麼說：「我不知道。我那時候不曉得該怎麼想。那張照片一開始只是個巧合，但後來你沒有解釋就取消了我們的行程，整件事讓我很緊張。有可能我只是因為出國的事情在恐慌，而你的反應剛好讓事情變得更糟。」

「妳有和別人提過這件事嗎？」

「哪件事？」

「照片，報紙上的新聞。」

「我要和誰提？我是能夠告訴誰？沒有人知道我們兩個的事，我希望以後也不會有人知道。」

「我也是。」

她沒有結束這個話題，而是繼續追問：「你可以解釋一下嗎？為什麼你這麼受傷？如果你跟那篇報導無關，為什麼要因為那封信嚇成這樣？我真的到現在還是不懂。你真的不是因為被我的話傷到而取消行程的嗎？」

*

整間公寓之所以如此安靜，是因為雖然客廳的百葉窗稍微開了點縫隙，但厚重的玻璃窗仍然緊閉。臥室裡的所有窗口也都關著，房裡將會一片漆黑。吉爾會在她去廁所時將前門反鎖，那支鑰匙會在接下來的談話中安然存放在他口袋。而在她抵達公寓以前，他早已經在床上鋪好不要用的灰色舊床單。

他會從餐桌旁起身，帶著一杯水和一只小塑膠袋回來，並將袋子放在桌腳旁。而要一直到他問「那如果我真的在羅馬尼亞對那個女人做了什麼呢？那……」他心中的意圖才會終於清楚顯露。

她會看著他，臉上沒有恐懼，只有驚訝。「那怎樣？為什麼說如果是你？我不懂你的意思。」

「那並不代表我也會用同樣的方式傷害妳，妳懂嗎？」

她會全身緊繃，而他會看見那陣緊張。當她起身說要離開，他會說她沒辦法走，因為門已經上鎖，而鑰匙在他手上。他會抓住她的手，而她會說：「吉爾，不要這樣，讓我走。我要回家了，而且你這樣又嚇到我了。」但她的聲音裡並沒有恐懼。

他不會回應，而會試圖用手摀住她的嘴（這時他還沒有戴上手套，手套仍在桌邊地上的塑膠袋裡），但他會失敗。唯有到了這時，她才會突然以另一種聲調警告：「不要碰我。我身上有監聽器，警察已經在外面，現在就會進來逮捕你，請不要試圖反抗。已經結束了。」

吉爾會回答：「最好是。」而她會說：「已經結束了，吉爾。我是警察，你現在被捕了。我建議你不要再有任何動作。」

他還是不會相信她。

即使當藍色燈光透進百葉窗葉片間的縫隙，整條街道的寧靜讓路給乍響的警笛，而厚重的鐵製破門槌在公寓門上發出第一聲重擊——即使到了這時，他也還是不相信。

12

由歐娜．班哈默督察長主導的這場祕密調查行動，第一階段從一月初至二月中，為期約六週。在這段期間，她設法在不詢問吉爾家屬親友的情況下，盡可能收集了所有關於他的資訊。

她知道他一九六二年五月生於特拉維夫，服役時擔任人事士，特拉維夫大學法律系畢業後任職為拉姆拉裁判法院[7]書記官，一九八八年獲得律師資格。他在一九九一年娶了露恩．雷瓦農，女方家族在特拉維夫一帶擁有大片土地，她的父母將她從小長大的吉瓦坦因公寓給了這對夫婦。吉爾有兩名女兒，其中一名目前正在服役。吉爾的父親，也就是伊蜜莉亞的前照護對象，在兩年多前去世，母親也於幾個月前離世，她生前曾受此案的第一位負責人A督察盤問，並提供證詞。吉爾曾受雇於一間大型人力仲介公司，直到二〇〇二年在岳父的資助下成立自己的律師事務所。歐娜知道他有部分業務需要頻繁至東歐出差，因為他目前正在該處管理房地產投資案。此外，他可能也參與其他類型的業務。她知道在歐娜・阿茲藍到訪布加勒斯特時，吉爾也在當地；不過，她也早就知道，即使吉爾不否認曾與歐娜・阿茲藍往來，也會聲稱他本來就常去布加勒斯特，每個月至少會去一次，以此辯駁兩人同處同樣城市純屬巧合。透過稅務機關和內政部的紀錄，她發現吉爾從未被懷疑過逃稅或漏報所得，他和移民署之間的往來業務也從來沒受到審查。不過，他其中一名客戶曾涉嫌擔任從東歐偷渡非法移工的以色列窗口，歐娜短暫考慮過利用這點將吉爾帶進偵訊室審問，但因故必須放棄這個想法；吉爾的太太，露恩・雷瓦農－杭札尼，是以色列法律事務所龍頭之一的合夥人，因此這場調查務必謹慎。

歐娜在二月初時遭遇一連串挫敗。她試圖取得吉爾曾幫歐娜・阿茲藍預訂布加勒斯特機票和飯店的證據，但時間久遠，當初的交易紀錄早已消失。吉爾的通聯紀錄也沒有透露任何資訊，因為他用的是另一支裝了預付卡的手機。她認為，要是能找到明確資訊證明歐娜在出國那段時間和吉爾有情感關係——甚至是他和伊蜜莉亞

7 裁判法院（magistrates' court）為以色列三級法院中最低層級的法院，負責審理爭訟金額較低的案件。

的關係——那就能將調查轉為公開，直接在審訊室裡突破他的心防，並從親友蒐集證據。但她不想冒險，也沒有確切證據能證實她們兩人到死前都仍和吉爾交往。她所擁有的證詞，只有伊藍說曾在家中看過吉爾，以及鄰居曾經看到伊蜜莉亞在某個週五或週六進入吉爾的公寓，但這兩樣說詞都並非無可辯駁。

曾有那麼幾天，她想就此認輸。其他案子陸續到來，她甚至曾被要求加入分局內部小組，協助處理一件全國性的老人詐騙案，令她思考是否應該先放下歐娜和伊蜜莉亞的命案，等到未來有時間再來解決。畢竟，伊蜜莉亞那邊沒有親屬會來施壓，而面對每隔幾天就來問進度的羅能，她可以坦白調查陷入了僵局。她的上司們都不認為有必要繼續調查，但她感覺不該放棄：某樣東西在敦促著她。不是因為有機會可以發揮（就像第一次和阿伏涅爾提起這件案子時他說的那樣），也不是為了證明自己的能力，或者任何與她靈性或生命意義有關的東西，至少她覺得不是。她從來沒跟任何人提過，真正驅使她的，是她覺得自己能看見伊蜜莉亞。她發現自己常常動不動便開著車去到巴特央的貝爾福街，或者經過伊蜜莉亞工作過的那間安養中心，或者在雅弗舊城那座教堂外的廣場上抽菸（伊蜜莉亞生命的最後一天也曾經坐在這裡）。她從來沒遇過這樣的經驗。

就在那個地方，她第一次有了跟蹤他的念頭。完全不想等待的她直接從教堂廣場上打給伊拉娜．李斯。

伊拉娜對這個想法抱持著懷疑。「這麼做是想得到什麼結果？妳懷疑他曾在幾年前犯案，但除非我們刻意引誘他，否則他現在不可能做出任何有關的行為。」

歐娜也不確定能就此獲得什麼。她就是想要近距離觀察他，她覺得他也可能還有其他對象，而那些女人此刻可能處於危險。最終是這點說服了伊拉娜。二月末，一隊偵查小組在雨中跟在吉爾身後觀察了他三天，沒有得到多少資訊。他每天早上從家裡前往辦公室，下午或傍晚時回家，有一天去了雅孔公園和一群人騎自行車，另一天去了健身房。他沒到過吉瓦坦因的出租公寓，也沒和太太之外的女人碰面。三天中有兩天早上，他會在上班途中前往吉瓦坦因某間靠近他家的咖啡店。

伊拉娜．李斯不可能答應讓歐娜自行監視或靠近吉爾，於是某天早上，她在沒告訴任何人的情況下直接去了那間咖啡店。她沒有類似的行動經驗，但這次不得不做。她帶了自己的筆電，假裝工作，連個清楚的計畫都沒有。

第一天早上他沒到店裡，第二天也沒有。但第三天他出現了，並第一次看向她。在那一刻之前，他都只是她在調查檔案中讀過、從別人口中聽過的人名，而他們的視線在此刻交會。她知道他就是兇手，但還不曉得該怎麼抓他，而她一直等到吉爾主動前來攀談之時，才把這件事告訴伊拉娜．李斯。

她知道伊拉娜會大發雷霆，實際情況也的確如此，不過她仍嘗試說服。「主動接近的人是他，伊拉娜，不是我。」她解釋道。「我們就順水推舟吧，如果還是沒有結果，那我就放下這個案子。」

伊拉娜不懂。「妳說要推舟，到底是要推什麼？」

當時這個問題的答案還不清楚，是該和他變熟之後從他口中套話，還是要試著和他發展關係，看他會不會重施故技。

伊拉娜的期限是一個星期——附加各種但書。第一項就是兩人只能在咖啡店內碰面，且永遠都必須有便衣刑警在場。伊拉娜問她兩人要怎麼建立關係，歐娜坦言：「我好像有點懂要怎樣能讓他來主動攀談。我沒有特別規畫什麼程序，就只是憑著幾項對他的了解。我得解釋為什麼自己每天早上都出現在那間咖啡店、為什麼要帶著電腦，最後就莫名編出跟東歐有關的故事。我大學時真的是讀歷史系，也真的在離散博物館工作過幾個月。」

她取艾菈這個名字時沒有多想。第一次一起抽菸那天，她差點就要說自己叫做歐娜。後來她才意識到之所以挑上「艾菈」這個名字，可能出自於特拉維夫那間知名餐廳「歐娜與艾菈[8]」。

整個三月，每當他們在咖啡店碰面後，她便回到警局詳細寫下報告，這也是伊拉娜的第二項要求。幾次之後，她便在店裡大聲地講了幾次電話，並在對話中提及某個號碼，希望吉爾會打來，而他也確實記下了那組號碼。當時正值冬天幫了她一點忙——她能夠把錄音裝置藏在外套裡。

她沒把這些事告訴阿伏涅爾，甚至沒說她和吉爾在雅弗吃午餐，也沒提到他摸

8 Orna and Ella，特拉維夫著名的以色列料理餐廳，一九九二年開幕時為小型咖啡店，二〇一八年因為大樓整建而歇業。

了自己的手，還有那個吻。這些小事情也都沒出現在隔天的報告中。在那幾個當下，她會想像自己就是伊蜜莉亞或歐娜，這個念頭支撐著她度過那些時刻；她身上隨時帶著那兩個女人的照片，感謝那兩張照片。她對他說的某些話，在幾秒鐘前連自己都不曉得會說出口，如果有人要她解釋怎麼想到這些話，或者追問它們的真實性，她寧可避而不答，也不願去想。

即使她時不時刺探，方向也頗為正確，但吉爾最初並未吐露任何有助調查的資訊。不過，當他提及想要一起出國，她終於感覺往前邁進了一步。當時她全神貫注在這件案子和吉爾，只要調查需要，她隨時能和他一起前往布加勒斯特。不過她知道伊拉娜・李斯絕對不會允許。在她們最後一次討論這件案子時（之後伊拉娜便請了病假，從此沒再歸隊），兩人曾經談及要利用這趟羅馬尼亞行。她們想讓他負責籌畫行程，觀察他是否會重複預期中的犯案手法，順勢找出他會訂哪幾間飯店以及如何購買機票，然後在報紙上發表一篇半真半假的報導，藉此對他施壓，迫使他放棄原先的計畫，做出預期外的行為。根據駕照發照單位提供的照片和歐娜的描述，費迪・安薩列不到一小時便完成了報紙上刊出的那張素描畫像。當計畫奏效，他要求在公寓碰面時，她覺得他應該會在對她下手前，先自白謀殺了歐娜和伊蜜莉亞，但事實是他沒那麼做。遭到逮捕後，吉爾在審問中聲稱完全沒有要傷害她的意思，並否認和兩起命案有關，而他的律師則表示會要求排除所有透過歐娜取得的證據。不過，特拉維夫區的代理檢察官曾在開庭時見過歐娜，對她的調查成果表示讚揚：「這只是開始而已，即使他繼續否認，我們也有足夠的證據能將他關進去。」

根據與伊拉娜的事前協議，她沒再見過吉爾。後續盤問都由其他調查人員接手，包括那位英俊的年輕刑警；他現在對於沒繼續追查這件案子感到萬分懊悔，每次見到歐娜都會盡力隱瞞這份心情。

當聽到調查小組打算逮捕吉爾的太太和女兒，以此對他施壓時，歐娜認為調查應該很快就要結束。

逮捕吉爾兩天後的那個星期一，歐娜請了假，不必上班。即使前一天晚睡，隔天也沒什麼事，她仍在日出前便起床，一如那年冬天的每個清晨。

外頭天色仍暗。

她不想吵醒阿伏涅爾，於是便下床，穿上套頭上衣。她泡了杯咖啡，打開廚房的窗戶，雨水和潮溼路面的氣味隨著冷空氣一同灌進室內。稍後，她把女兒們分別送到學校和托兒所，然後回家整理家務，十一點時母親來家中照顧丹妮兒。她打給羅能，約定下午時到他家拜訪。露絲穿著白色及膝的阿拉伯長袍前來開門，她請歐娜進屋，引她坐到餐桌旁。廚房髒亂，滿是吃剩的番茄義大利麵以及待洗的鍋碗。露絲留她和羅能獨處，她告訴羅能，警察抓到的那名男性應該就是傷害歐娜的凶手。

「為什麼說『應該』？」他問。

「他還沒認罪，不過我可以很肯定他就是凶手。她不是自殺。當時她和那個男人交往了幾個月，就是伊藍看過的那個人，和她一起去羅馬尼亞的應該就是他。我沒有早點告訴你，是因為過去幾個星期我們都還處於祕密調查的階段，不過他在昨天已經被捕了。」

「可是為什麼他要做這種事？他有解釋嗎？」

她沒辦法回答，因為吉爾仍然否認一切犯行。

她問能不能和伊藍談談。羅能有些猶豫，表示如果要找伊藍，最好還是要請諮商師在場。她說那不是問題，她可以等。冰箱上有張相片，是羅能、露絲還有孩子們，也包括伊藍。照片裡的地點應該在戈蘭高地或某個綠景如茵的山區，每個人都穿著厚重的登山鞋，睡袋捲收在背包頂端。尤莉亞站在伊藍旁邊，手搭他在肩上。照片底下是另一張照片，特巴烏胡海灘上的伊藍和歐娜，是羅能在伊藍四歲生日那天拍的。

諮商師沒辦法過來，不過他說伊藍和歐娜說話時，如果羅能陪在一旁就沒關係。於是他們三個人便坐在餐廳裡，羅能坐在伊藍身旁，手搭在他頸後，而她則坐在他們對面。

她對伊藍說：「我想告訴你，我們抓到傷害你媽媽的人了。這表示我們現在知道，媽媽並沒有自殺，而是有人傷害了她。當時的她正想著要回到你身邊，是那個人讓她沒辦法回來。你懂我的意思嗎？」

他遮住自己的眼睛，不讓她看見眼淚。

「我還想讓你知道，多虧了有你，我們才能抓住那個人。」她補充道。羅能問為什麼這麼講，她說她之後會再把細節告訴他們。她不想現在就讓伊藍知道傷害他母親的人是誰，而且如果不是因為伊藍筆記本裡寫的那些紀錄，記下吉爾的車型、記下他哪天晚上出現在她房間，他們可能永遠抓不到吉爾。不過她說，警方之後可能需要再找他們問話，開庭時他們應該也需要出席作證。

羅能點點頭。「我們會盡力協助。」

她還有兩個小時才要去接女兒們。

她還是能聞到吉爾的古龍水味，感覺他的嘴還在自己脣間。她想聽聽別人的聲音，於是打給了阿伏涅爾，他接起電話後察覺到她心情煩躁，便問她發生了什麼事、要不要他今天早點回家。她收到轄區裡幾位同事留的恭賀語音訊息，但跟以前破案不同的是，她覺得自己沒成就什麼，其實不該被祝賀。真正抓到吉爾的人是伊藍和羅能，是他堅持歐娜並非自殺；還有伊拉娜．李斯，即使自己沒辦法解釋緣由，她還是批准了調查行動。還有伊蜜莉亞。除了通知歐娜的家人，應該也要有人知道謀殺伊蜜莉亞的凶手已經被捕才對。於是她打給塔迪伍施，正因為他當初的證詞，才讓她心中感到第一絲困惑。不過塔迪伍施的手機關機了，當她打到教堂時，他們說他在這裡的任務已經完成，已經離開以色列前往羅馬。因為沒有其他人可以通知了，於是她便在內心把消息告訴伊蜜莉亞。

她回家後，母親又待了一會兒才離開。整個調查過程還不能對外公開，因此歐娜沒辦法吐露太多，不過答應之後會跟她多說一點。當她和女兒們獨處時，她覺得應該要和她們做點不一樣的事，做點她們從來沒做過、她和她們都會永遠記得的事。不過這已經超過她在這天的能力極限，這個下午在她努力安排下已經被拖得夠長了。女孩們不想去海邊玩沙看夕陽，只想看電視，於是到了晚上七點，她便如每天晚上那樣，開始煮晚餐的雞蛋、削黃瓜皮，而女兒們在一旁將番茄醬噴得滿身滿廚房，試圖自製起司三明治。

晚上和阿伏涅爾相處時確實更為親密、舒心，她說的比她認為能夠說的更多。整個冬季，即使曾主動問起，也在她願意開口時仔細傾聽，阿伏涅爾仍對她當時正在經歷的事一無所知。她覺得焦躁不安，彷彿把什麼東西忘在吉爾的公寓裡，就算到了深夜，她也每幾分鐘便會查看手機，想知道有沒有來信或者簡訊。A督察打來祝賀，但伊拉娜·李斯沒有，因為她已住進醫院。

關於咖啡店、雅弗的午餐，還有最後一次在那間公寓見到吉爾的那些事——她都沒告訴阿伏涅爾。她只說他們用了一些煽情的信誘他入甕，而她在逮捕過程中發揮了關鍵作用。當提到吉爾時，她可以看到他就出現在面前，或許是他開門時的那個樣子，或者是他把手放在她肩上的時刻。她起身離開，不讓阿伏涅爾看到她的雙眼，然後帶著一碗堅果重新回到客廳，問他今天工作如何。

即使已經筋疲力盡，她也無法強迫自己在阿伏涅爾還醒著時就睡著，無論多想要都沒辦法。她感覺時間一秒一秒流逝，夜晚愈過愈短。

當她終於要踏上夢土時，就聽見丹妮兒的哭聲，於是又起身泡牛奶去餵。不久後蘿妮也醒了，說她害怕，覺得房子裡有人；那年冬天，蘿妮幾乎每天晚上都會這樣醒來。

歐娜安慰地拍撫著她，一邊輕聲說家裡沒有別人呀，爾後，當聽到女兒沉靜睡去的呼吸聲，她便躺回床上，閉上雙眼。這次，她終於睡著了，因為有妳們整晚陪在一旁，守護她一夜好眠。

gr 類型閱讀 49
三個女人與她們的男人
Three

作者	卓爾・米夏尼（Dror A. Mishani）
譯者	黃彥霖
社長	陳蕙慧
總編輯	戴偉傑
責任編輯	丁維瑀
行銷企畫	陳雅雯、趙鴻祐
封面插畫	Sophia Ji
封面設計	Bianco Tsai
內文排版	宸遠彩藝工作室

讀書共和國集團社長	郭重興
發行人	曾大福
出版	木馬文化事業股份有限公司
發行	遠足文化事業股份有限公司
地址	231 新北市新店區民權路 108 之 3 號 8 樓
電話	（02）2218-1417　傳真（02）2218-0727
Email	service@bookrep.com.tw
郵撥帳號	19588272 木馬文化事業股份有限公司
客服專線	0800-221-029
法律顧問	華洋法律事務所 蘇文生律師
印刷	前進彩藝有限公司
初版一刷	2023 年 6 月
定價	390 元
I S B N	978-626-314-448-4（紙本）
EISBN	9786263144491（PDF ）、9786263144507（EPUB）

特別聲明：有關本書中的言論內容，不代表本公司 / 出版集團之立場與意見，文責由作者自行承擔。

國家圖書館出版品預行編目 (CIP) 資料

三個女人與她們的男人 / 卓爾 . 米夏尼 (Dror A. Mishani) 著 ; 黃彥霖譯 . -- 初版 . -- 新北市 : 木馬文化事業股份有限公司出版 : 遠足文化事業股份有限公司發行 , 2023.06
320 面 ; 14.8×21 公分 . -- (類型閱讀)
譯自 : Three.
ISBN 978-626-314-448-4(平裝)

864.357　　112007593